Das Räubermärchen

Von Jakob Haringer

ZEICHNUNGEN VON ERNST KAHL

1982 buntBuch verlag · hamburg

Herausgeber: Rainer Leibbrand, Klaus Konz
Zeichnungen: Ernst Kahl

1. Auflage im Februar 1982
ISBN 3-88653-045-0

Satz: typeshop GmbH, Hamburg
Schrift: Perpetua
Druck: Fuldaer Druck- und Verlagsanstalt

In ewiger
Erinnerung an den toten

Kasperl Larifari,

der mich in seliger Kinderzeit
so überglücklich lachen ließ

Vorwort

„Die kleine Gasse der Hoffnung“

Entweder haben wir die Märchen
vergessen oder die Märchen uns.
Im Kino wird uns oft gezeigt, wie die
Wirklichkeit zu sein hat:
falsch und fremd.
Wir sind wie von allen guten Märchen
verlassen.
Wenn es eine Liebe zur Literatur gibt,
muß es erst recht eine Liebe zu Dichtern
geben: dann bin ich verliebt in den
Jakob Haringer.

Jakob Haringer (1898 bis 1948), geboren auf einer Zugfahrt durchs Sächsische, aufgewachsen als Sohn einer Zigarrenverkäuferin und eines reisenden Buchhändlers in München, Traunstein, Salzburg und Ansbach, gestorben in Zürich, eingeäschert in der Gemeinde Köniz, verbrannt wie seine Werke zur Nazizeit, die noch immer unbeendigt ist – denn Jakob Haringer hatte das freudlose Glück gehabt, Dichter geworden zu sein: ein „Herrgottsdichter“, ein bajuwarischer Villon, der bettelnd durch die Lande strich, die zuletzt Gaue hießen, sich gleich einem vagabundierenden Zigeuner durch Hunger und Räusche schlug, wie ein kindlicher Narr, dessen höchstes Ziel es war, die Wahrheit der kleinen Dinge nicht kampflos preis-

zugeben, indem er die versenkten Fußstapfen vorläufiggewesner Vaganten beschritt.

Jakob Haringer. So ein Name heißt schon etwas. Ein Gesicht, wie er eins hatte, wird immer wieder an jedem Bahnhof anzutreffen sein. Er hatte es nicht mit dem Geld. Er hatte es mit Gott. Und mit den Fraun. Zauberverse schrieb er, dieser Hartschalige aus dem männischen Abseits. Er schrieb insgesamt achtzehn Bücher, meistens Gedichte.

Ich wollte, Jakob Haringer wäre mein Vater gewesen, ihn hätte ich gern als Vater gehabt; als meinen seelischen Erzeuger bezeichne ich ihn ohnehin. In seinem Schatten ist mir warm.

Von seinen Werken, die dieses Goethe-Volk so gut wie nicht kennt, gibt es beschämend wenig auf dem deutschen Buchmarkt: außer dem vorliegenden „Räubermärchen" nur noch ein Bändchen Gedichte mit dem verführerischen Titel „Das Schnarchen Gottes". Zu wenig für die kleinste neutreue Leser-Gemeinde! Wer den Haringer erschmeckt hat, kriegt Lust auf Unersättlichkeit, auf Völlerei, fühlt laut, was man in ihm ausgehungert hat.

Jakob Haringer hatte vier Klassen Realschule besucht, war danach Verkäufer, Tagelöhner, Fabrikarbeiter, Kriegsfreiwilliger bis zum körperlichen und geistigen Zusammenbruch, nach Niederschlagung der Räterepublik als Ungesiegter Gefängnisinsasse in Stadelheim und der Festung Ingolstadt. In Bayrisch Gmain schrieb er, frei in der Not, seinen ersten Gedichtband, im expressionistischen Dialekt; das Buch ging unter. Haringer blieb zeit seines kurzen Lebens Katholik, harfte ergötzliche Schweinereien aufs Papier, d.h. auf jeden Zettelfetzen, den er auftrieb, schrieb unanständige Gebete, Zuchtelpsalmen, floh vor Haftbefohlenen, verfaßte dickblütige Schnorrerbriefe an berühmte Minderheiten, obwohl er mit dem Gerhart-Hauptmann- und dem Kleist-Preis ausgezeichnet wurde; den ersteren bekam er bereits im Alter von 27 Jahren verliehn.

Alfred Döblin schrieb über diesen unberühmteren Kollegen: „Er schreibt von Kinos, Cafés, aber fühlt Rothenburg und Nürnberg." Ich mag an Bayern nur die Schriftsteller, solche wie ihn, und die Räuberhauptmänner. Ich hab nichts gegen Provinz, gegen die öffentliche Darbietung bornierter Bürgerwürde, solang sie nur von Landschaft und Arbeit umgeben ist; entweder ganz groß oder ganz klein muß der Ort schon sein, an dem man sich verbringt. Jakob Haringer war jemand, der über Märchen weinte. Hätt ich ein Kind, ihm würd ich vorlesen diese Geschichte von der Unmöglichkeit zu bleiben, was man nie war. Bei ihm hatschten die Heiligen nicht im Himmel herum.

Dieser „wirkliche, komplette, kranke, verängstigte, psychopathische Romantiker", um nochmal A. D. zu zitieren, äußerte laufend „Letzte Wünsche" auf dem „Stern der Toten". Haringer kaufte sich ein Häuschen, heiratete eine junge Geliebte, ein Sohn und eine Tochter wuchsen ihnen zu, da war er schon in Österreich beheimatet, um hitlergefickten Germania verfemt. Seine Auserwählte, Hertha Grigat, heute Frau von Berndt-Rembrandt von Bohlen und Halbach, lebt inzwischen verkruppt.

In den „Nationalsozialistischen Monatsheften" wurde ihm eine „typische Irrenhauspoesie" bescheinigt, von einem dieser unmündigen „Kritiker", die sich als literarische Quacksalber aufspielen. Am 22. Juli 1936 wurde dem „jüdischen Kulturbolschewisten" Jakob Haringer die deutsche Staatsbürgerschaft genommen, und er mußte fortan wieder von Almöschen zehren. Als die Nazis dann am 11. März 1938 Austria eindeutschten, floh er nach Prag, von dort nach Frankreich, anschließend illegal in die Schweiz, wo ihm eine Internierung als Schwer-Herzkranker im Zuchthaus Bellechasse angedieh, ehe seinem Gesuch um „Toleranzbewilligung" stattgegeben wurde. „Wann endlich sieht die Welt ein, was ihr vom Hakenkreuz blüht?", notiert er in einem Brief an einen Freund. Und in seiner Absage an „kommunistische Bürokraten" formuliert er unter anderem seine sozialrevolutionäre Einstellung folgendermaßen: „Lebendig am Marxismus ist vor allem die Ideologiekritik. (...) Der Sozialismus wird den Marxismus überleben." Marxismus bedeutete für ihn den Inbegriff der „Verachtung des Innenlebens". Wohl dem, vergaß er zu sagen, der in Zeiten lebt, da er ein solches besitzen darf. Die blanke Doktrin war ihm eine zu blasse Politur, in ihm widerspiegelten sich andere Mächte.

1945, im Alter von 47 Jahren, ließ ihn die Gemeinde Köniz bei Bern in der Schweiz bei sich einquartieren. Er, der Juristen-Lästerer, tritt in eine freundschaftliche Beziehung zum dortigen Polizeisekretär. Haringer, dieser gebenedeite Stahlhelmhasser, dieser nützliche Schelm, dieser Querulant der Literatur und Außenseiter der kleinbürgerlichen Realität, dieser melancholische Nörgler und Grantler mit seiner deftigen Resignation, schrieb sich in einer Dachkammer dem Ende zu. „Das Erlebnis ist der Grabstein der Phantasie, schon deshalb flieht der Träumer oft die Erfüllung seiner Sehnsucht". Er hatte einen leichten, schnellen Tod. Am 20. März 1948 lädt er eine Vorkriegsliebe an die Grenze ein, ihn zu heiraten. Sie kommt, wartet, schreibt ihm; der Brief kommt zurück: „Empfänger am 3. 4. 48 gestorben." Haringer starb in Zürich. Betrunken. Vorm Bett. Dann wurde das Vergessen über ihn verhängt.

50 Jahre, 18 Bände. Darunter das „Räubermärchen".

Im Nachlaß vielleicht den Bonzenkrimi. Nichts beigetragen zum „Aufbauwillen" der westdeutschen Nation, diesen Landstraßenasphaltierern und Betonklotzern. Ihr wär er sowieso wieder ein faules Greuel gewesen, schon aus dem Grund, weil er nicht am Wirtschaftsmachtveitstänzchen ums Blattgoldwohlstandskalb teilgenommen hätt. Bleibt die Frage, wer da ein Stück Vergangenheit zutod zensieren wollte, in dem Fall ein ganzes Lebenswerk. Und warum?

Ich nehme an, Jakob Haringer hat ein Übermaß an Freiheitswillen besessen und diesen auch bewiesen, - als Person und als Autor; ihm war mehr egal als den meisten seiner Zeitgenossen lieb.

Für mich ist das „Räubermärchen" so etwas wie eine böse historische Posse aus den heute schon wieder nostalgisch erigierenden Unzeiten der Weimarer Republik, in der die ach so goldig Gelackmeierten, erfüllt von heiligem Zorn, Revue passiern, schicksalsgewitzt und wahrscheinlich deshalb zum schadensfreudelosen grimmigen Draufloslachen geeignet. Wer hingegen lediglich schmunzeln möchte, wie von Arglosigkeit geplagt, der sollte lieber seine Geheimakte vom Verfassungsschutz anfordern und sie lesen. Jakob Haringer war ein politischer Schriftsteller, wenn man so will; das heißt, ein Schriftsteller, den die Politik nie in Ruhe ließ.

Wie jeder fortschrittliche Gefühlsmensch seiner Zeit bekannte er sich zur Bayerischen Räterepublik von 1919, befand sich im Widerstand gegen die Konterrevolutionäre, gegen den Terror frühfaschistischer Putschisten.

Er spürte die Inflation des deutschen, plötzlich geistlosen Wesens im Voraus. Im „Räubermärchen" berichtet er unter dem Pseudonym *Xaver Dampfkessel von den noblen Greueltaten der Bourgeoisie im Endzeitstadium monar-*

chistischer Abdankungsspektakel. Er ernennt sich selbst zum Führer der Fehdefeder gegen jede Form obrigkeitstüchtigen Popanzes, vergißt aber nie, mitunter auch für frivolen Flair im Lauf der Geschichte zu sorgen. Oder kennen Sie einen Räuber, der eine Waldeshöhle voll mit Schätzen sein eigen nennt und dort Harfe spielt? Wenn man zu denen gehört, die urbayerisches Dichterlatein mögen, dann gefällt einem jedes Phantasieverbrechen an der unmöglich gemachten, beziehungsweise gewordenen Vernunft. Natürlich ist das „Räubermärchen" von damaligen Alltagswirklichkeiten durchsetzt: der gute König, der darin vorkommt, sich gegen seine Minister auflehnend, hätte unter Umständen auch Ludwig No II heißen können. Jakob Haringer springt kreuz und quer, im Kopf, weit herum, auf dem Papier, behandelt den ordnungsverwöhnten Leser dann manchmal fast wie ein lästiges Anhängsel, das ihm schon folgen wird, sofern es nicht nur Kunstverständnis in den Knochen hat. Denn Haringer hadert, einem süddeutschen Hiob ähnlich, mit Gott, seinem besten Feind, an den er glaubt, auch wenn's ihm wehtut. Der Neid aufs angenehme Unglück wohlbestallterer Bürger ist sein ständiger Begleiter; sein ganzes Sinnen und Trachten strebt dorthin, wo kein Magen knurrt und das Vergnügen als alltägliche Pflicht scheint. Hinwiederum liebt er wahllos, säuft schonungslos, schreibt aus seinem Bauch all die Gelüste und Verluste eines unsteten Gesellen, eines ramponierten, ruinierten Zeit-Genossen, der der Schlechtigkeit der Welt nicht fliehn kann.

Er spart nicht an Sozialkritik, was heißen soll, er schimpft höchst markant, gelegentlich rüpelhaft, verbiestert, vergrätzt, angenehm ehrlich halt. Und ganz besonders angetan haben es ihm wieder die Staatsdienerschwadroneure, die Justizis sozusagen, und das aus schlechtem, folglich berechtigtem Grund. Die wahrhaft schlechten Menschen, die im „Räubermärchen" vorkommen, rekrutiern sich aus Parkettgesindel, Bankettgesocks. Jene einfachen Räuber aber, die im Wald leben, in einer Höhle hausen, gut essen und trinken und wissen, was und wie Liebe ist, ihre Schätze an Arme verschenken und redlich jede Beute teilen, sie sind nichts weiter als glückliche, zufriedene Menschen, Tugenden verfallen, die sich niemand leisten kann, der die Jagd nach Geld zu seiner Pflicht zählen muß.

Ich möchte nur zu gern wissen, ob Jakob Haringer Anhänger war vom Wildschütz Alois Jennerwein oder vom über die Grenzen des Freistaats hinaus bekannten Banditen aus dem Donaumoos Matthias Kneissl, ob er geborgen war in einer Art solidarischer Geistesverwandtschaft mit diesen mythen- und legendenträchtigen Gehetzten, die sogar heute noch mehr Sympathien genießen als der hinterletzte Polizeipräsident von der Sorte, die Schillers „Räuber" in die Fahndungslisten setzen könnten oder gar, wie geschehn, ein ganzes Volk zur Steckbrieflektüre anregten. Es wird vermutlich nicht lange dauern, und ein Schriftsteller wie Jakob Haringer steht wieder auf der literarischen Abschußliste.

Im „Räubermärchen" gibt es Passagen, in denen die Schneuztücher auf Halbmast stehn.

Trotzdem: in Haringers Märchen gibt es oft eins auf die Lachmuskeln, in die Schmunzelkiemen, gibt es Wortspielereien in der dreisten Art und Weise, wie sie Kinder aufregend finden, und Kind sollte man schon ein klein bißchen sein beim Lesen, oder mindestens dran erinnern, daß man mal eins war, damals, als man sich noch nicht vorstellen konnte, warum die Alten den ersten Satz mit „Es war einmal" anfingen.

Das „Räubermärchen" hat Jakob Haringer dem Kasperl Larifari gewidmet. Rührend ist sie, die Widmung! Und wer sich da gleich zu Beginn desselben träumen läßt, in erlauchtem Kreise von Papierfetzen herunter vorzulesen, den bedeutungsschwangeren Namen Balthasar wie ein Mohrengewand tragend, das dürfte kein Geringerer als J. H. selber sein, „zum Scheiterhaufen verbannt". Vielleicht, so ließe sich einwenden, sollte man prüfen, ob die Kasperlproblematik heutzutag nicht überholt sei, heute, wo die Abenteuer in den Spielmaschinenhallen stattfinden, dort, wo Roboterorgane die Flipperbälle schnarrend besingen, Kriegsschiffe Kampfflugzeuge beschießen und interstellare Flottengeschwader aus fernfremden Galaxien blitzespeiend über die dunkelgetönten Bildschirme zucken, bis der Münzeinwurfschlitz klickt.

Der Kasperl Larifari: der Retter aus der Not, Kind sein zu müssen in der Welt der Großen.

Er kämpfte gegen Tod und Teufel mit seiner Großmutter, seiner Patsche und Freund Seppl.

Das klappernde Krokodil und der Räuberhauptmann, weiß ich noch, waren Zwillinge, sprachen mit der gleichen Stimme.

Jakob Haringer hat, wie das Happy-End *des „Räubermärchens" zeigt, genau gewußt, daß für den aufrichtigen Dichter, ganz gleich in welch politischem System er sich befinden mag, am Ende nur Utopie übrig bleibt. Ein Rest Utopie, der sich, fast schon postum, mit der verfehlten Vergangenheit, die nun von keinerlei Idealismus mehr zu erwecken ist, befaßt. Der schreibt, färbt das Fleisch, wer schreit, nach dem wird mit Knochen geworfen. Und wenn die soziale Gerechtigkeit irgendwo in der Gesellschaft einen Teilsieg errungen hat, und sei es auch nur zum Schein, feiert man ohne den Dichter und triumphiert.*

Wenn die Arbeiter freudentanzen, darf er schon nicht mehr mitsingen. Das „Räubermärchen" ist ein listiges, lustiges, tieftrauriges Ketzerbrevier, eine kraftstrotzende Anleitung zum Querulantentum, die dazu verführt, sich nicht so wichtig, sondern ernst zu nehmen, sich bis zum Letzten zu lieben, unter Umständen der Gesellschaft, dieser Geißel der eigenen Existenz, Ade zu sagen und ein Wiedersehn nur jenen zu versprechen, von denen man das gleiche gehört hat: sich davonzumachen auf allen möglichen Wegen und Umwegen, auch auf dem Schotter der Sprache, literaturrichtig durch ein Gebirge aus Spott und Hohn. Das „Räubermärchen" hat aber ebenso einen Hauch vom Abgesang eines Erwachsengemachten, der sich dadurch und deswegen um die Verlängerung der Kindheit betrogen fühlt, gleichermaßen verschmitzt und grobianisch darauf reagiert, aufbraust im Verlust. Haringer, dem die bayrischen Kinis lieber waren als die Preißnkaiser und der trotzdem Räterepublikanertum alles andere als abhold gesonnen war, Haringer, dieser Krautgartenpoet, wie ein Rettich zwischen Veilchen und Röschen, nein, wie eine Orchidee auf dem Misthaufen der Biedermannkultur, die daherkam mit strammen Specknacken und herausgedrücktem Bauch, dieser Jakob Balthasar Xaver Dampfkessel hat seinen Druck abgelassen und angeschwärzt, was feldgrau oder in vollem Ordensfrack posierte.

Er verschont den Leser nicht mit seiner Existenz, ist wie einer, der im sprichwörtlichen Fettnäpfchen poltert, ein unfreiwillig gereiftes Kind, in dem sich Eigenheiten und Unarten gegenseitig ergänzen. Er hat die großen Städte und das weite Land gekannt, das tiefe Leid und die kleinen Freuden, hat Völlerei und Unkeuschheit in den Himmel gelobt. „Muß doch warten auf das Kamel, das mich mal durchs Nadelöhr führt." Ihn versteh ich. Besser kann ich nicht schwärmen.

Wüßte man nicht, daß das „Räubermärchen" 1925 zum erstenmal erschienen ist, könnte man meinen, es sei in seinem Ursprung teilweise aus den heutigen Zuständen gegriffen worden, denn schließlich haben wir noch Nazis wie damals, liberalisierende Industrielle und fossile Politiker, so national und konservativ wie ehedem, alles, alles, alles da, alles wie gehabt, alle im Frieden untergeschlüpft. Daß die Welt verkehrt tickt und alle guten Geister auf dem Kopf stehn, war immer so, da hilft weder Hexer-, noch Zauberei, da muß Genosse Kasperl mit Pauken und Trompeten dazwischen fahren, da muß uns ein starkes Lachen auskommen und Zeit muß dasein, um zu fühlen, was man liest.

Mir schmecken die Literaturkonserven nicht, die das Haltbarkeitsdatum der Aktualität unterschreiten. Haringer hat eine Schmalzfleischpoesie, da sind Sehnen drin, Knorpel, das kracht und knirscht beim Lesen, geht runter in schartigen, borstigen Brocken.

In Haringers Märchen heißen die Minister zum Beispiel Trottelhold, Affenschmalz, der Polizist Schand-Darm. Und alles Gute passiert natürlich wie im richtigen Märchen auch: der gute König kann fliegen und der gute Räuber ist des Königs Sohn und kriegt eine Wirtshausbedienung zur Frau. Aber bis und wie das so weit kommt, ist eine wahre Pracht zu lesen, denn Haringers Märchen stellt die sogenannte Realität an den Pranger der Narren, läßt den weisen Kasper Larifari zum König Salomon sprechen – und die Schriftgelehrten raufen sich die Bücher.

„Der Spießer" heißt es einmal, „tötet alle Menschen, die keine Tiere sind". Das Volk der Kulimulilazipazier ist gespalten in Müllerhansinegertotten und Schusternazi-

zulus, als wären die Parteien Regierungsrassen und die jeweilige politische Ideologie Stammesreligion. Und Jakob Haringer alias Xaver „Balthasar" Dampfkessel zieht gegen die machthungrigen Gierer nach der Scheißstaatsgewalt ins Sprachfeld, liefert ein Federgefecht mit Schimpfkanonaden, baut Barrikaden aus Sarkasmus und Ironie, hat die Zunge als Dorn, trauert scharf, ist nicht auf den Volksmund geschlagen, nicht auf den Herrschaftsarsch hereingefallen: „meximaxi quaqua bratis wurstis kas a, wie wir Lateiner zu reden pflegen". Kaum lachst du, gibt es Klagen übers schweinshaxige Elend, das zuerst behäbig naht, dann mit Stiefelkappen tritt. Jakob Haringer besaß eine prophetische Begabung, sonst hätte er nicht etliche Jahre vor den offiziellen KaZet-Eröffnungen schon „einen mit Sozialistenhaut bezogenen Maler- und Sonnenschirm und ein in Kommunistenhaut gebundenes fein illustriertes Album" beschreiben können.

„Man wird allein unter Schmerzen geboren, man stirbt allein, warum sollte das, was dazwischen liegt, mehr sein als Einsamkeit." Nach solchen Sätzen muß man im „Räubermärchen" nicht lange suchen. Ersehen kann man daraus, der Märchenerzähler *war so gesund und wohlauf, wie es ein unheilbarer Romantiker nur sein konnte, der sich gegen den Terror einer chaosversierten Epoche zur Wehr zu setzen hatte. Gar kein Wunder, daß auch die Kirche, die „Reliquienfabrik", nicht grad salbungsvoll wegkommt, eher flehentlich verflucht wird, gottgefällig, versteht sich.*

Phantasielosigkeit und Menschenverachtung sind seit jeher die hervorstechendsten Merkmale des (nicht nur deutschen) Untertanengeistes. Haringer hatt es, aus ganz anderen Gründen, nicht nötig haben wollen, alle Menschen zu lieben, denn wer mag schon, wenn er ehrlich ist, einheitlich vereintes Kopfelend; doch jene, für die er

Partei ergriff, ohne sich über sie aufzuschwingen, die verteidigte er durch Verunglimpfung ihrer politischen Repräsentanten und jeder Form von Amtsdünkel, zwar nicht so sehr mit Klauen und Zähnen, stattdessen wie ein ingrimmig erzürnter, zur Notwehr bekehrter Humorist, der den Beifall verschwieg und das Lachen verlernte.

War Jakob Haringer ein politischer Dichter? Wohl kaum, dazu war er zu ungebunden, zu direkt couragiert, zu rebellös, also kein gütiger Depp. Er befand sich im Kriegszustand mit der Gesellschaft, und davon befreite ihn nicht einmal, daß er schreiben konnte wie ein Weltmeister im Giftspritzen. Daß er unkuriert starb, war sein größter Erfolg.

Die Räuber sind die, die noch auf nichts von dem verzichten mögen, was vor ihrer Haut liegt und zu haben ist: auf den Nächsten, den Menschen. Die Räuber sind die, die um keinen Preis glauben, daß ihre Henker sie lieben.

Ich erinnere mich kaum an Märchen, nur an sprechende Pferdeköpfe, die abgehackt über Burgtoren hingen, orakelnd von Not und Gefahr und von dem Vermächtnis der Gebrüder Grimm; erinnere mich an den Wanderburschen im Spukschloß, wo Schlag Mitternacht Schädel und Knochen durch den Rauchfang herabprasselten und wahnsinnige Gespenster heulten, als hätten sie Furcht vor den Lebenden gehabt; dann kamen die Abenteuer und zu früh der Ernst des Lebens, ohne bunte Bilder aus dem Schicksalssack geprügelt.

57 Jahre sind seit dem ersten Erscheinen des „Räubermärchens“ vergangen, und man kann während des Lesens mühelos feststellen, daß sich die Zeiten kaum zum Vorteil der Leute verändert haben inzwischen. „Das Räubermärchen“ ist demnach keine Nostalgiescharteke aus dem Schatzsärglein der „Kurtsmalhörianer“, und bibliophil ist es nur in dem Sinn, als daß es unvermummt ist und unter jedes Kissen paßt, worauf ein unruhiger Kopf liegt, denkt, träumt, lebt, handelt.

Es ist eine Wiederentdeckung, vor allen Dingen aber eine diesmal endgültige Aufbewahrung wert.

Wären alle Bayern so wie Jakob Haringer und seine Märchenräuber, ließ es sich leben hier, gäbs nicht diese Straußeneinester ringsum. Er war ein kauziger Rebell, eine leidensfähige Unperson, ein „Kasperl im Leichenhaus".

„Die kleine Gasse der Hoffnung", übrigens eine Metapher aus diesem „Räubermärchen", diese „kleine Gasse der Hoffnung", von der Haringer schreibt, führt, wie geschlagen durchs Dickicht der Städte, *geradewegs ins eigene Herz. Na gut, beim Lesen werden wir zwar keine Kindertränen mehr weinen können, weinen wollen; die sind schon für andere Schmerzen geflossen, gefallen, aber lachen wird jeder müssen, und sei es mit verschwimmenden, seltsam glitzernden Augen, das ist sicher, das steht fest, da lüge ich nicht. Macht nichts: Haringer spendiert uns da sein mit weißblauen Rauten und roten Fähnchen prosaisch gemustertes Schneuztucherl! Er gehörte nämlich niemals zur Abordnung der Parlamentäre ...*

Das Leben ist selten ein Märchen, besonders heute; zu oft sind die guten Räuber zu keiner Heldentat mehr fähig.

Wir halten Häuser, Wälder, Beton besetzt, warum nicht auch Schneckengehäuse, Muschelschalen, Märchenorte, Märchenbücher?

Es gibt viele Höhlen im Gehirn, retten wir dorthin die Schätze: die Trauer, den Zorn, die Zärtlichkeit, die unverklärte Erinnerung, den mitteilbaren Widerstand! Haringer würde drum bitten.

Er gibt uns ein Beispiel, wie man Spaß am Überleben haben kann.

Das Gold, jeder Alchemist beschwörts, ist natürlich aus Scheiße erfunden, das Silber gebraut aus Karzinomen des Rohstoffs Mensch. Wie jedes Metall von Wert, ist aber nur der Pfennig ein Erz der armen Leute, das ihnen durch die Hosentaschen schürft.

„Der Hofnarr und der weise Kasperl Larifari wurden natürlich Kaiser und Minister und Papst. Und sie regierten von den Altanen ihre Untertanen zu deren Wohlleben und Zufriedenheit. Und wenn sie nicht gestorben sind, leben sie heute noch."

Wie wir!

Mit uns!

„Der Mensch hat eine unstillbare Sehnsucht nach Gerechtigkeit. Im Innern seiner Seele lehnt er sich gegen eine soziale Ordnung auf, die sie ihm verweigert, und in welcher Welt er auch immer leben mag, er klagt entweder diese soziale Ordnung an oder das gesamte einschlägige Universum der Ungerechtigkeit. Der Mensch hat den merkwürdigen, beharrlichen Drang, mit Erinnerungen zu leben, sich etwas auszudenken und die Dinge zu verändern; und noch dazu hat er den Wunsch zu erlangen, was er nicht erlangen kann – und sei es auch nur in Gestalt eines Märchens. Vielleicht ist das das Grundmotiv für die Heldensagen aller Zeiten, aller Religionen, aller Völker und aller Klassen." (Ivan Olbracht)

Wer das, was nun folgt, lesen wird, gelesen hat, der weiß, daß das „Räubermärchen" ein Traumbuch ist und war, aber nicht bleiben darf.

Ludwig Fels, Nürnberg, Dezember 1981

Der Baron hatte eben die rührend sehnsüchtige „Humoreske" von Dvořák geendet . . .

Vorspiel

„Je dümmer ich gewesen bin, desto mehr Glück hatte ich in der Welt.“

Kasperl Larifari in seinen Memoiren

Der Baron hatte eben die rührend sehnsüchtige „Humoreske“ von Dvořák geendet und Irmelin träumte noch von verflossener Sommerzeit. Das Mädchen brachte Mokka und die Gräfin sagte: „Balthasar, du wolltest uns doch Geschichten von deinem verstorbnen Freund vorlesen.“

Er hatte ja nur darauf gewartet und zog ein Bündel schmieriger, armseliger Fetzen heraus.

„Das mag wieder so ein Unsinn sein“, gähnte der Doktor freundschaftlich.

„Was wollen Sie denn, Sie grünes Reisig Sie. Ist vielleicht Ihnen dies ganze Leben mehr als Unsinn? Betrachten wir nur alle großen Erfindungen der Menschen, ob sie nicht erst als Blödsinn verschrien. Warum soll's da Büchern anders ergehen. Wer das Leben ein bißchen in seiner Tiefe erkannt, für den ist nichts mehr Unsinn. Oder, was haben Sie denn geleistet? Hosen auf der Schulbank durchgewetzt. Gescheit sind wir nur, solang wir dumme Kinder sind. Und vielleicht wenn wir Glück haben", schloß er mit einem resignierten Blick auf Irene, „wacht manchmal in einer lieben Stunde dieser goldne Kinderunsinn wieder auf."

Er zündete sich eine Habana an, bot dem Doktor welche. Die Damen rauchten wollüstige Zigaretten. In Irmelin zitterten noch die letzten schwärmerischen Klänge nach.

Es dämmerte schon. Die Gräfin bat das Mädchen, die grünseidnen Vorhänge zu schließen. Von der Terrasse duftete der ganze Mai herein.

Die Amseln schluchzten. Der Steinbrunnen plätscherte melancholisch.

„Ja", fuhr der Baron fort, „es ist der Deutschen größtes und einziges Verdienst, daß sie all ihre Besten verhungern lassen. Der arme Xaver Dampfkessel! Auf welchem Stern der Ewigkeit mag er wohl träumen. Ich durfte seine letzten Erdentage noch verschönen. Daß es die letzten waren, ahnte ich freilich nicht. Aber wer vierzig Jahre lang darbt, hungernd und frierend in harten Großstadtmansarden dahinsiecht, der blüht wohl auch nimmer unter der Sorge eines aufrichtigen Freundes auf. Ich hätte gern mein Leben für ihn hingegeben. Und es ist immer so auf unserer Pilgerschaft, ein ewiges Zu spät. Ich durfte tun, was ein schwacher Menschenbruder tun konnte, aber er hätte Engel und einen Gott verdient. Damals wußte ich schon, daß er einer der wenigen war, die den Ehrennamen Mensch zu Recht tragen. Ja, es ist das Schicksal alles Gütigen, daß es die Gemeinheit vernichtet."

Irene läutete: „Liebe Anny, ich bin für niemand zu sprechen."

„Du kennst mich, Balthasar", wendete sie sich zu jenem „und weißt, daß ich mich von den Bedrängten nicht erst suchen lasse, aber ich hasse diese Komiteewirtschaft unserer Gesellschaft. Soll diese helfen, so drückt sie sich davon, indem sie flugs Komitees in ‚Tätigkeit' setzt. Und solche ‚schöne Seelen' wollen mir heute wieder das Haus stürmen." – Sogar der Widerspruchsgeist des Doktors gab ihr diesmal recht. Ja, er ergänzte: „Und was durch die Hände von öffentlichen Sammlungen fließt, bekommen ja nie die wirklich Elenden, Armen."

Im Park begann eine Nachtigall.

Der Baron, der währenddem seine Papiere geordnet, begann:

Das Räubermärchen.

Der König kochte sich gerade Kaffee. Sein Zepter lag verträglich neben der Kaffeemühle.

Die Krone wackelte auf seinem ehrwürdigen Haupt.

Dann setzte er sich auf die Herdplatte und schlürfte mit wonnigem Schaudern den Trank. Aah, heut hatten ihn doch keine Weiberhände verpfuscht.

Hyronimus Löschblatt, der hundertsechsunddreißigste Minister, pfiff zur Tür herein. Aus den Hosentaschen schauten ihm die neuen Befehle für die Untertanen. Von seinen Fingern und seinem Maul tröpfelte

Dann setzte er sich auf die Herdplatte
und schlürfte mit wonnigem Schaudern den Trank.

noch Tinte. Er war keine Minute sicher, daß ihm nicht ein guter Gedanke kam.

„Schafskopf", rief der König und rührte erhitzt seinen Kaffee dabei „sieht er nicht, daß ich mit wichtigen Staatsgeschäften beschäftigt?"

Der Minister setzte natürlich – eigentlich brauchte er dies gar nicht erst zu tun – sein dümmstes Gesicht auf.

Dann griff Majestät in seinem großartigen Schlafrock herum und hinunter, zog erst eine Schnupftabakdose, Malzbonbons und Lebkuchen, ein Gebetbuch, eine Käsrinde, Spielkarten, Dukaten, einen Kreisel und eine Mundharmonika, ein Paar gedörrte Pflaumen hervor, die er sich, während das Wasser kochte, aus dem Schubladen gekripst, bis er endlich erfreut seinen Reichsapfel fand. Den warf er dem lächelnden Minister an den Kopf.

Im Königreich – seinen Namen hab ich wirklich vergessen – herrschten nämlich geordnete Verhältnisse und strengste Formen. Es war ein Ordnungsstaat, und der König hätte sich nie erniedrigt, selbst wenn er sterben müßte – und das ist doch wirklich viel für einen König –, irgendeinen anderen Gegenstand nach dem Erreger seiner Ungnade zu werfen. Tja, es war eben noch ein anständiger König, und die Menschen noch brave Untertanen und nicht so schlecht und gescheit wie heute.

Ja, wie er in seinem Schlafrock Ordnung hatte, so hielten sie die Minister, samt der Ruhe, im Staate. Und dann tat der Reichsapfel nicht weh, denn er war, praktisch

bis er endlich erfreut seinen Reichsapfel fand.
Den warf er dem lächelnden Minister an den Kopf.

wie alles im Königreich – aus Gummi. Es war eine neue patentierte Erfindung.

„Aber Herr Baron", unterbrach der Doktor, „erlauben Sie, damals war doch der Gummi noch gar nicht erfunden –".

„Unterbrechen Sie mich nicht in meiner Geschichte. Sie glauben wohl bloß, unsere Zeit hat die Weisheit mit dem Löffel gegessen. Sie irren sich, Verehrter. Alles war schon da. Die Menschen erfinden nur, was sie erst vergessen. Paracelsus hat ganz andere Operationen geleistet als Sie, Bester; oder glauben Sie nicht?" – Mit diesem Hieb hatte der Doktor vorderhand genug, und die Damen baten den sich eben eine Creme de cacao einschenkenden Baron die Geschichte weiter zu erzählen.

„Aber bitte", sprach dieser, „laßt euch doch von unserem alles besser wissenden Lexikon was erzählen." Da umschlang ihn Irmelin und bettelte: „Aber Balthasar, wir glauben dir doch alles." Da lächelte er fein und still und verträumt und fuhr fort.

Mieze, eine Hofkammerjungferdame, blickte zur Tür herein. Sie war ein liebes Ding, wie ein reifer Apfel, ein Veilchensträußel, wie so ein lieber, süßer Wiener Fratz.

„Pst, pst –" pste der König, „Mieze, wo steckst du denn immer. Schau her, was ich für dich hab." Und er schenkte ihr, diesmal hatte er's auf den ersten Griff, einen halben Lebkuchen. „Magst nicht ein Schlückerl Kaffee?"

„Hoheit sind so gut", lispelte sie errötend.

„Mein Gott, man muß doch irgendwas sein. Es ist ja

Da flog ihm ein Pantoffel an den Kopf

sonst so arg langweilig“ – und er streichelte ihre lieblichen Wangen.

Da flog ihm ein Pantoffel an den Kopf. „Oha“, wütete er, „so eine . . .“

Es war die Frau Königin, die schrecklich eifersüchtig war und für seine Untertanenliebe gar kein Verständnis hatte. Er zog sich mit Würde seinen Schlafrock zurecht, warf der „Einen“ einen verächtlichen, erhabenen Blick zu, nahm seinen Kaffee, hob die heruntergefallne Krone auf, putzte sie ab und schritt stolz wie ein Hahn zur Tür hinaus.

„Mein Gott“, seufzte die Königin, „so ein Mann, so ein Mann!“

„Tja“, echote der Hofnarr, der während der ganzen Zeit schlafend auf dem Küchenkasten hockte, „so ein Mann ist ein Mann.“

Als sich die Frau Königin von ihrem Schrecken erholt, hatte sie nichts als ein: „Sie frecher Affe, Sie –“ dafür. Der aber schnarchte schon wieder.

Eben, als ihr der mitteluntere Reichsoberkoch ihre Stiefelchen auszog, denn sie war in einem Wohltätigkeitstee, erschien Käskuchen Graf von Kuhwedel, der dreiundzwanzigste Minister: „Majestät lasse um ein Taschentuch bitten.“

„Er bekäme keins, habe erst vor acht Tagen eins bekommen und er solle in diesen teueren Zeiten Wäsche sparen, Kaffee habe er auch schon wieder gekocht und den teueren Zucker gewüstet. Von den Pflaumen, die sie für

Als sie dann allein in ihr himmelblaues Gemach trat, fiel ihr Blick, wie immer, auf das Bild eines schönen jungen Mannes

die Waisenstaatsanwaltsbewahranstalt hergerichtet, fehlen natürlich auch welche!"

Kuhwedel verneigte sich rückwärts gehend so lange, bis er in den Holzkorb fiel.

„Hä hä hä", meckerte der Hofnarr, „jetzt kann die Kuh im Stall wedeln."

Die Königin nahm ihren neunten Hauszepter aus der Schublade.

„Seit wann tragen denn die Märchenköniginnen auch Zepter", fiel der eintretende Schauspieler ein.

„Als wenn die Frauen nicht schon immer Zepter hielten", sprach Balthasar galant – und befahl die dreizehn Amtsrichter, die alle Zipflmeier hießen, in den Hof zum Wäscheaufhängen. Das war nämlich ein hohes Ehrenamt, nicht jeder durfte, und die Geladenen mußten selbstverständlich in voller Amtstracht erscheinen. Einmal gab es einen großen Krach, weil die Königin mit dem Sanitätssunutatsmarmeladsmedizinnoberräten wechseln wollte.

Als sie dann allein in ihr himmelblaues Gemach trat, fiel ihr Blick, wie immer, auf das Bild eines schönen jungen Mannes. Ja, sie war wohl oft zu hart mit ihrem innigstgeliebten, einzigen Kinde gewesen. Wo wird er sein? Hat er ein warmes Bett, geht's ihm schlecht; wenn er nur da wär, oder wenn sie ihm doch wenigstens ein Expreßpaket mit warmen Socken, Geräuchertem, Marzipan, Gänseleberpastete und ein paar Handvoll goldener Taler, drauf ihr neuestes Porträt, senden könnte! Ach, fiel ihr ein,

... und befahl die dreizehn Amtsrichter, die alle Zipfelmeier hießen in den Hof zum Wäscheaufhängen

die Post ist ja noch nicht erfunden, die kommt erst im zweihundertachtzehnten Jahrhundert dran. Aber Kundschafter wollte sie aussenden und sie telephonierte.

„Na na na", grinste der Doktor.

Telephonierte also gleich ans königliche Kundschafterbüro.

Der König wollte erst im Rotblaugrüngelbgoldnen Salon ein wenig dichten und an seinem Trauerlustspiel weiterarbeiten. (Es war der sechshundertneunzigste Band seiner Gesammelten Werke.) Ja, es wäre einst fast zum Kriege gekommen mit einem Nachbarstaat, denn dort war dessen Häuptling, pardon König, von seiner Lieblingsdichterin Hedwigkurt Malöhr derart aufgehetzt, daß nur mehr ein Waggon ff. ungarische Salami den Frieden retten konnte. Die war natürlich furchtbar erbost – nicht die Salami, die Malöhr, weil es einen und noch dazu königlichen Autoren gab, der so langsam arbeitete, daß sie immer eine Ewigkeit auf das Abschreiben warten mußte.

Das konnte er aber nicht, denn im danebenliegenden Himbeermarmeladreichstagssaal hockte Lotschensepperl, der berühmte Ministerpräsident, am Boden – es war sonst kein Mensch da, und wenn er nicht gerade Daumen lutschte, schrie er furchtbar und andauernd, daß sich sogar die Ohren der aufgestellten königlichen Marmorbüsten bogen: WIR, das Volk . . WIR, das Volk . . .

Ja, wenn wir König gewesen wären, wir hätten uns einfach Ruhe befohlen. Da könnt ihr sehen, wie gut mein

. . . denn im danebenliegenden Himbeermarmeladreichstagssaal hockte Lotschensepperl.

König war, das heißt, der König vom Königreich, dessen Namen ich wirklich vergessen. Er wollte einfach „das Volk“ nicht stören. Er wußte es ja. Wie oft schon hatte er die Minister gebettelt: „Laßt mich doch auch mal ein bißchen regieren, ich möcht mich auch mal mit Sorgen ins Bett legen!“ Aber da vereinigten sie sich, das konnten sie recht gut, taten die Tintenfinger erst auf die Tintennase und dann aufs Tintenherz: „das sei nicht königlich!“

So ging er also ins Musikzimmer und ließ sich auf dem Orchestrion ein paar Waldteufelwalzer spielen. Es war so schön, daß er unwillkürlich schnell den Zepter in die Tasche steckte und zu tänzeln begann. Da – fiel was hinunter und zerbrach.

„Na, jez is se kaputt..., macht nix..., Maxe“, schrie der König, „da hast du einen Groschen, laufen Sie mal schnell zum Volksbazar nüber und hol mir eine neue Krone.“ –

Dann hatte er auf der Sternbräukellerlandtagsterrasse mit seinem Kreisel gespielt. Bis wieder seine königliche Trauerstunde kam und er in den großen Gemüsegarten hinauslief. Er dachte an seinen einzigen Sohn, der vielleicht krank oder schon lang tot war.

Dort hockte auch auf einem Petersilienbeet seine Scholastika und weinte. Ihre ganze Ebnergie war beim †††. Da saßen nun wieder verträglich die beiden Leutchen, pardon, Majestäten und klagten um ein verlorenes Glück. Ob sie es wohl je wiederfänden?

„Salamon“, schluchzte Scholastika, „du darfst schon wieder Kaffee kochen, gelt, und ein Taschentücherl bekommst du auch, ja, magst du nicht in die Stadt gehn und mir Baldrian holen, mein Herz ist so schwach.“

Salamon holte die Markttasche und ging. Dies war freilich den Hofherren und Ministern und Hausknechten ein Dorn im Auge. Denn sie konnten ihm manchmal doch kein X für ein U machen, was eigentlich das einzige war, was sie konnten.

Auf dem großen dreiviertelten Exzellenzenplatz bemerkte er einen Volksauflauf. Tja, der König hatte sogar Leute. Natürlich, sonst wär es ja kein Volk. „Was habt ihr denn da gemacht,“ sprach der König, „einen Menschen totgeschlagen und noch dazu einen lieben Bekannten von mir, der mir oft so schöne Geschichten erzählt.“

„Majestät“, sagte der immer zufällig anwesende Stadtrat…, na, ich mag ihn nicht nennen, da er zufällig noch lebt, er war nämlich so blöd, daß er unmöglich sterben konnte, – „Majestät wisse, der da hat gesagt, als wir fest und tüchtig und frisch, fromm, fröhlich, frei über unsere Nachbarn, die Müllerhansinegertotten, schimpften, ja, da sagte dieser schamlose Verbrecher und Hochverräter: ‚Ach Gott, liebe Brüder, die Müllerhansingertotten sind doch auch Menschen.‘ – Da mußten wir ihn doch erschlagen.“

„Ihr habt einen Heiligen erschlagen“, sagte der König traurig.

Tja, wir heute sind nicht so dumm und roh und erschlagen deshalb einen Menschen. Oder?

Traurig ging der König – den Baldrian vergaß er natür-

Auf dem großen dreiviertelten Excellenzenplatz bemerkte er einen Volksauflauf.

lich – in eine Tabaktrafik und kaufte sich eine Zeitung.

„Hätten Se bei mich och hawen können“, sagte ein kleiner Straßenjunge.

„Na, da!“ und Salamon schenkte ihm einen Dukaten.

Dann setzte er sich auf eine Bank in den Feldherrnanlagen. Ihren damaligen Namen weiß ich nimmer. Sie wurden nämlich jedesmal – und das passierte sehr oft, wenn ein tapfrer Feldmarschall mit Prügel und zerrissner Hose heimkam – nach ihm benannt. Auch gab es Feldmarschälle in der Woche wie Schwammerl im Wald. Salamon wollte eben einen vor seiner Nase baumelnden Fliederzweig zum Pfeifenausputzen abbrechen, als ihm eine markante Schutzmannsstimme ihr „Dürfen Sie nicht tun, das kostet zehn Mark Strafe“ zuposaunte, „na (und die Stimme wurde immer väterlicher, weicher), Sie brauchen noch keine Angst zu haben, diesmal schenk ich's Ihnen noch und warne dich bloß.“

„Herr Schutzmann“, rief der König erfreut, „da haben Sie meine Visitenkarte, Sie müssen mit mir Kaffee trinken. Bringen Sie mir aber die Visitenkarte wieder mit, bei den teueren Papierpreisen muß sie öfter reichen, sagt meine Frau.“

„Waaas, ein König biste, aber Junge, haste du een Schween!“ –

„Schau, schau, da steht's ja schon; ja, unser berühmtes, neuestes amerikanisches Börsen- und Welt- und Geld-Rübenblatt ist wirklich gut, vor einer Viertelstunde passiert's, jetzt steht's schon drin. Tja, das ist das Lügen so

„Ihr habt einen Heiligen erschlagen", sagte der König traurig

Er war verärgert und sah garnicht die hübschen Kindermädel um ihn

gewohnt, daß es selbst alles glaubt, was es daherlügt." Er putzte sich seine Hornbrille und las: Heute, am 87ten fand der gefährliche, fürchterliche, ganz hundsgemeine Hochverräter Gerechtedelehrlich seinen längst verdienten Tod. Er hatte die Ehre und wurde von einigen achtzehnjährigen Generälen unserer Armee und von braven tapferen, sechzigjährigen, vaterländischen Männern erschlagen, als er gerade wieder den gefährlichen, boshaften, gemeinen Ausspruch tat: Unsre Nachbarn, die Müllerhansinegertotten, sein auch Menschen. Wir hoffen, daß endlich so verdiente Männer, denen das Vaterland in schwerster Stunde alles verdankt, zu Ministern gemacht werden. Von solchen netten Leuten ist es ein Vergnügen, sich regieren zu lassen. Möge unser huldvoller Monarch jeden dieser tapfern Heldenjungen mit einer Kiste von Orden zieren. Wir finden nur das Eine sehr bedauerlich, daß unsre apostolische Majestät, es muß dies ein Irrtum sein, dieses verkommene Subjekt für seinen Freund, ja für einen Heiligen [Anmerkung der Redaktion: Ein Ding, das uns gänzlich unbekannt, vielleicht weiß es einer unserer braven, braven Leser] erklärte.

„Hm, Hm", dachte der König, „ja, derfens denn dös überhaupt, mich bekritteln?"

Aber er lächelte schon wieder, als er in die berühmten Neuesten amerikanischen Börsen- und Welt- und Geld-Rübenblattlausnachrichten blickte: „Ja, so was gibt's bei mir nicht."

Armer König, du denkst und – – Er las nämlich von den

Schusternazizulus, ach einen Nachbarstaat (er erinnerte sich, einmal eine Truppe auf dem Jahrmarkt in einer Menagerie schuhplatteln gesehen zu haben), daß dort die Königswürde nur mehr Gympelnasial-Säuglinge bekämen. Und das Land werde nur von den obersten Oberlehrern, Kadetten, Grätenrätenbiesterministern und den Garnichtsoohneversitäten regiert. Wer einen Schnurrbart bekäme oder trug, wurde zum Scheiterhaufen verbannt. Desgleichen wer etwas gelernt, geleistet, gearbeitet, geschrieben (letzteren wurden erst die Hände abgehackt und die Zunge herausgerissen). Wer die neuen Regenten nicht anbetete, wurde aufgehängt.

„Ach Gott", sagte der König. „Die Menschen machen wie die Affen alles nach. Wenn am Ende mein Volk . . ." Er war verärgert und sah gar nicht die hübschen Kindermädel um ihn, bis ihn ein Leierkastenmann mit ‚Heul dir im Siegerkranz' aufschreckte. Er gab ihm zwei Taler. [Was, da guckt ihr, andächtige Zuhörer, wie ich mit diesen lumpigen Talern und Goldstücken herumspringe; ja, wer hat, der hat.]

Dann eilte er fort und kam gerade noch in die lilane

Reichstagssitzung

Es waren circa sechshundert Minister anwesend. Genau weiß ich es nimmer. Wir nennen nur die berühmten Namen: Fliegenleim, Hinterfotzingerlale, Hoppeigichttoni, Trottelhold, Affenschmalz, Flohlöwe, Veilchendarm, Graf von Ähäh, der Herr von Bar, Hyronimus Löschblatt, Käskuchen Graf von Kuhwedel. Und es waren noch viel Berühmtere darunter. Wer kennt sie nicht alle, die Edlen!

„Neinnn“, schrie der Minister Wastlmeier Baron von Zipflhuber, „der der bebekommt's nnnicht, derder ffreche Kerl hot ämol mmeiner Gkattin gäsagt, sie passe gut zu mich.“

Von Salomon nahm kein Hund Kenntnis. Dafür war er auch König. Nur der Hofnarr, der auf einem Kronleuchter in der linksrechtsvornhintern Ecke saß und dort oben miaute, winkte ihm zu.

Er setzte sich auf den alabasternen Thron, der ganz rückwärts, für die Brezel- und Würstelfrau im Parkettboden eingegraben, wie ein verlassenes Schaf dastand.

Lotschensepperl, der Ministerpräsident, läutete: Scholastika, die Königin aller Königinnen, hätte hunderttausend Dukaten [ja, meine Lieben, Geld war im Königreich wie Heu!] für die Armen, Waisen, Invaliden bestimmt. ER, der Ministerpräsident, sehe aber gar nicht ein, zu was die Armen, Waisen und Invaliden Geld nötig hätten. Die Armen und Invaliden sollten, wenn's ihnen so nicht paßt, einfach sterben, und die Waisen sollen in die Fabrik gehen. Er schlage also vor, damit das Geld nicht hinausgeschmissen wäre, sei er in seiner aufopfernden Vaterlandsliebe gerne bereit (Bravo links, Hurra rechts, Hoch Mitte), also gerne bereit, fünfzigtausend der Dukaten einzustekken. Er wolle sich so schon lange Aktien von Tripstrill und

Es waren ca. 600 Minister anwesend

Schlaraffien kaufen. Da kämen ihm diese lumpigen Fünfzigtausend gerade recht. Die übrigen Zwanzigtausend (was, der konnte rechnen! Ja, solche Leute brauchten wir heute!) schenke er dann den anderen Ministern.

Stürmischer Beifall ward dem weisen Mann. Dann bimmelte es wieder: Sein Antrag sei also angenommen, nachdem sie alle, wie es einem Ordnungsstaate gezieme, ein Herz und ein Sinn. Inzwischen wünsche er dem hochniedern Hause gesegnete Mahlzeit, fröhliche Weihnachten und ein glückliches Neujahr. Dann wolle er also die nächste Sitzung in fünfzehn Jahren halten und auch für heute mit einem kernhaften, markerfüllten Frohe Ostern schließen, denn er müßte Ski fahren gehn.

Nur der Hofnarr piepte: er bitte die hohen Häuser, die dritten Fünfzigtausend (da könnt ihr sehn, wie so ein Narr rechnen konnte, gut, daß es keine Narren mehr gibt) von den Hunderttausend per Bank oder Postscheck seiner verstorbenn Schwiegermutter zu überweisen. – Natürlich beachtet man so einen Menschen in einem Himbeermarmeladreichstagundnachtsaal nicht.

Da erhob sich der König. Er war erzürnt. Manchem Vorhang erschien er wie ein gütiger, alter Prophet: er bitte, das Geld den Armen, Waisen und Invaliden zu geben. Seine Frau schimpfe sonst. Und die Armen frieren jetzt, wo so viel Schnee draußen liegt. Und sie sollen sich mit dem Geld warme Kleider und was Gutes zu essen kaufen. –

[Lieber Leser, sag's den Lolulaliteraten nicht, daß der

sprachs und flog durchs Fenster davon

König erst in den Anlagen saß, sonst haun sie deinen Xaver Dampfkessel.]

Da meckte eine starke, gewaltige Stimme durch den Saal aller Säle und Kanäle: „Was wollen Sie denn überhaupt, Sie alter Kaffeekocher, für was sind Sie denn König, daß du das Maul hältst. Überhaupt – ich, der Herr von Bar, der alles bar bezahlt und trotzdem er keine Barmittel ..."

(Anmerkung des Übersetzers: Er konnte natürlich nur von seinen geistigen Mitteln sprechen, denn Geld hat er.)

„... alles in die Bar trägt, setze Sie einfach ab und verhafte dir."

„Ja", schrien Lotschensepperl und Fliegenleim und Hinterfotzingerlale und Trottelhold und Affenschmalz und Flohlöwe und Veilchendarm und Hyronimus Löschblatt und Käskuchen Graf von Kuhwedel und Wastlmeier Baron von Zipfelhuber und alle, alle die verdienten Männer des Vaterlands, „wir setzen ihn ab und köpfen ihn."

„Was, köpfen wollt ihr mich, ihr undankbare Bande –" sprach's und flog durchs Fenster davon.

Wie sie da alle gafften. Der einzige Hofnarr klatschte.

Ja, da schaut ihr auch, was, ihr dachtet wohl, geflogen wird nur in Tausendundeine Nacht, nein, auch in den Märchen von mir, Xaver Dampfkessel, fliegt man. Ja, ich könnte euch sogar weismachen: der König hatte eine neue, noch nicht patentierte Erfindung, nein, ich will euch ehrlich die Wahrheit sagen: er ist wirklich geflogen.

Salomon und Lore

Salomon schlenderte die Landstraße dahin. Er konnte doch nicht ewig fliegen. Ach was, sagte er sich, der Himmel ist überall, und mit seinem Kaffeekochen konnte er sich sein Brot in der ganzen Welt verdienen.

In einem Bauernhaus wollte er Milch und Brot und Speck.

„Hamm mar net, scherrt Euch zum Teiffe," sprach die Bäuerin, „i brauch mei Zeig für die Kuhargäst."

„Ich bezahl's ja", lächelte der König.

„Dös ist wurscht, sovui könnt Ihr Notniggl do net zohln."

Da kam der Bauer: „Wos mächt' denn der damisch Gscherte do, schwing di, Freinderl, gäi, sunst pazi dir oane."

Salomon ging aus diesen gastlichen Hallen. Unterwegs begegnete ihm ein armes, schwangeres Weib mit zwei kleinen zerlumpten Kindern. Der hatte die gute Bäuerin den Hund nachgehetzt, und sie weinte vor Hunger und Not. „Liebs Frauli, da", sagte der König und gab ihr ein paar Handvoll Goldstücke. Dann lief er fort, denn er wollte, wie alle Menschen, die so schlecht waren wie er und das Geköpftwerden verdienen, keinen Dank.

Salomon schnupfte. Als er durch das weltberühmte Bad Lungenhausen kam, blieben alle Leute stehn. So was Komisches hatten sie schon lange nicht mehr gesehn. Es wird wohl ein Art Reklame der abends auftretenden Schauspielertruppe sein. Die spielen doch heute „Die Kartoffelkomödie“ vom Jakob Harringer. In diesem Kitsch und Schund kommt nämlich so ein Schlafrock vor.

„Nain, würkglich“, sprach die (von ihm noch geadelte!!) dicke, krumme Armeeuniversalscheuerpulvergroßindustriellensgattin – „ain sehrr kelungäner Aktör.“

Der las auf der Orts- und Badetafel: Bekanntmachung!! Auf, Kameraden, zur Königswahl! Junger intelligenter Mann als König gesucht. Nicht über sechs Jahre alt, muß blind, taubstumm und sonst auch ein ganzer Krüppel sein. Interessenten werden auf Wunsch kostenlos zum Krüppel geschlagen. Der Ministerpriesterrat der verwaisten, trauernden königlichen Haupt- und Räsidenzstadt . . .

Und nun sag ich's euch extra nicht!

Wer erkennt aus diesen scharfsinnigen, wie in Marmor gemeißelten klassischen Sätzen nicht die heldenhafte Größe unseres Lotschensepperl.

Als Salomon gerade noch seinen Steckbrief lesen wollte und die vor den Bankkirchen stehenden Droschken bewunderte, packte ihn jemand fest am Hals: „Ha, hab ich dich, Kerl miserabler, jetzt aber marsch mit dir, Spinaterer.“ Es war ein großer, fetter Gendarm. Man dachte, er wolle mit seinem funkelnden Helm die Sonne aufspießen. Aber habt keine Angst, meine Lieben. Vergeßt nicht, daß der König fliegen konnte. Er flog ihm auch, als der böse Schand-darm schimpfend und schwitzend vorm Gefängnis ankam, schön davon. –

Es war Abend geworden. Arbeiter strömten aus den Fabriken, Bürger ins Theater. Vorm „Papagei", einer Künstlerkneipe, lauschte er den Klängen des wunderschönen „Kaiserwalzers" von Strauß.

„Jetzt braucht ihr nur mehr die zukünftigen Erfindungen und Leute bringen, dann haben wir den italienischen Salat fertig", unterbrach der Doktor.

„Seien Sie still", erwiderte der Baron, „sonst kommen Sie auch noch hinein; eigentlich – na, geben Sie Obacht."

Ja, von Strauß –

„Den hab ich auch auf dem Grammophon", lächelte der König. Da könnte er eigentlich hineingehn. Die würden ihn schließlich für einen Schauspieler halten.

Es war ein zierlicher, reizender, vornehmer Raum. Alles mit purpurner Seide ausgeschlagen. Aus blauen Ampeln floß ein dämmerndes Licht, als sei's ein Abend im Juni. Die Kellner verneigten sich tiefst. Er bestellte alles, was die Karte enthielt. Natürlich Sekt. „Sofort, bitte gleich, Herr Direktor."

Ach, sein ganzes Leid hatte er fast vergessen, das Leben ist doch gar nicht wert, daß man's ernst nimmt. Man muß ja doch sowieso sterben, also zu was sich aufregen. Den Ministern wollte er schon noch kommen. Zum weißen Ritter ging er, dem edlen Räuberhauptmann, der hilft ihm sicherlich, der hilft ja allen in ihrer Not und Bedrängnis.

Der Kapellmeister spähte durch das Guckloch der Bar nach zahlungs-, d. h. leistungsfähigen Schiebern. Aber es kam nur schäbiges Künstlerpack. Ja, Kapellmeister, es ist wirklich eins schmutzige Bande.

Eben hatte eine schöne Männerstimme liebe, alte Lieder zur Laute gesungen. Erklang ein altes Waldhorn drein, und nun kam ein bildhübsches Dingelchen, vielleicht noch nicht sechzehn alt, und gaukelte wie ein Schmetterling, es war, als schneiten Rosen vom Himmel. Er konnte sich nicht satt sehen.

Blaues, rotes Licht funkelte in den Gläsern. Alte Stiche dämmerten von den Wänden. Es roch so hübsch nach Tee, Tabak, Wein, Puder, Frauen. Ihm war weihnachtlich und bang. Als käm ein Wunder.

Drüben, in seiner Nähe, hörte er mehrere so schrecklich gescheit reden und so über Welt und Gott schimpfen, daß ihm ganz angst und bang wurde. Es waren lauter frisch „aufgeführte" Dichter. Sie hatten wie ein Zündholz gebrannt und waren auch schon wieder wie ein solches fortgeworfen worden.

„Wie", dachte Salomon, „wenn ich zu ihnen ginge und mich als Kollegen vorstellte. Nein, lieber nicht, er wollte nicht stören, er dichtete ja bloß, weil ihn manches gefreut, und die schrieben ja nur, weil sie alles ärgerte."

Er war so versunken und es wurde ihm auf einmal ganz traurig zumute, daß er gar nicht sah, daß an seinem Tischchen Lore saß.

„Gefallen dir die da drüben nicht, gell, alter Mann?"

Wie er sich freute! Das war ja der liebe Schmetterling. Er wischte sich die guten strahlenden Äuglein.

„Ja“, fuhr sie fort, „mir gefallen sie auch nicht.“

„Die müssen viel erlebt haben und viel Bitteres“, sprach Salomon.

„Ach wo“, lächelte sie und ließ entzückende Zähnchen blicken.

„Die kennen in der Welt nur die Kaffeehäuser, was draußen liegt, wissen sie gar nicht.“

„Es ist so lieb von dir, daß du wie ein goldnes Engelchen dich zu mir alten Mann setzt. Ich bin dir so dankbar dafür, wenn ich wieder zu meinem Schloß komm, mußt du mich besuchen!“

„Wo bist du denn her?“ lispelte Lore und nippte aus seinem Kelch.

„Das weiß ich selber nimmer, ich weiß bloß, daß ich einmal König war.“

Da brüllten aus der anderen Loge die Lilaloluteraten: „Kinder“, rief der Lange, „da drüben hockt ein König, sein Königreich guckt ihm aus der Tasche.“ „Nein“, sagte einer melancholisch, „sein Königreich sitzt neben ihm.“

„Weißt du“, zwitscherte Lore, „ich glaub dir doch, daß du ein König bist und kein so'n Windbeutel wie die da drüben. Du mußt zum weißen Ritter gehn –“

„Das will ich ja jetzt“, unterbrach sie Salomon mit glücklichen Augen, „der edle Räuber hilft mir sicher.“

„Ach, das ist ja himmlisch, da nimmst du mich mit, Vaterle, ich mag diese Egoisten schon lang nimmer, mit

„Gefallen die dir da drüben nicht, gell, alter Mann?"

ihren Schmeicheleien und ihren Falschheiten. Ach, der weiße Ritter! Ich hab erst gestern wieder seine Geschichte gelesen in der ‚Roten Fahne' (die war in meinem Königreiche, glaub ich, verboten, dachte der König, nur Fahnenstangen und Fahnenjungfrauen sind erlaubt). Ich mag ihn so gern, das muß ein feiner Mensch sein. Und da hat er ganz recht, daß er den bösen, neidigen Leuten alles nimmt. Ich würd's auch tun. Aber wieviel Gutes tut dieser liebe, goldige Mensch! Jeder Arme, Leidende ist sein Bruder. Aber" – und sie begann zu weinen – „wenn sie ihn einmal erwischen, dann wehe ihm, sie erschlagen ihn."

„Wenn er mir nur wieder zu meinem Königreich verhilft, dann mache ich ihn zum Vizegeneralministerfeldwebelkönig, dann kann ihm kein Mensch mehr was tun."

„Ach, Vaterle, und ich will dann mein Lebtag für dich beten, weil du so brav bist, – Kapellmeister, Frechdachs, spiel!"

Und dann sang sie mit einer rührenden Stimme: Mei Muatterl war a Wienerin.

Alles lauschte, und sie vergaßen ihre dummen Gespräche von Mode, Speisen und Liebe.

„Der kann lachen, der alte Herr", sagte einer.

Aber Salomon ward wieder traurig.

„Geh", bat Lore „wer wird denn wegen so einem Königreich den Kopf hängen lassen, komm, sing mit, das kannst sicher." Und ob er's konnte. Es war ja eins von seinen Lieblingsliedern: Glücklich ist, wer vergißt. –

Und ihr, weil ihr so lacht, braucht nicht glauben, daß Salomon schlecht sang, weil er ein König war.

„Und nun wollen wir auch tanzen", jubelte Lore, „mit den Affen da drüben mag ich nicht, die sind noch nicht trocken, aber mit dir schon, weil du ihn zum Vizegeneralfeldwebelministerkönig machen willst."

Und dann spielten die Musiker, sie beteten natürlich alle Lore an und hörten (ihr wißt doch, Musiker haben feine Ohren) beim Alten die Goldstücke klimpern, ja, da spielten sie all die schönen Walzer: Wo die Zitronen blühn; Frühlingsstimmen; Wein, Weib, Gesang; Künstlerleben; Die Werber – ich weiß die Namen gar nicht mehr alle, aber hör ich so liebe, recht schmeichelnde, blühende Klänge, dann denk ich immer an Lore, an das süße Kind. –

Als Salomon und Lore aus dem „Papagei" schwebten – er war ja auch so glücklich mit diesem liebsten Vögelchen – schneite es. „Gott, wie schön", jauchzte sie „das ist wie im Kino." (Nein, entschuldigt, ich hab mich verschrieben, sie wollte sagen, wie im Märchen.)

In ihrem blonden Wuschelhaar hing der Schnee. Ich, Xaver Dampfkessel, hätte ihr ihn fortgeküßt, aber ihr dürft's dem alten König nicht verübeln, daß er nicht wußte, was man in solchen Fällen tut, wenn der Schnee leis wie ein lieber Kindertraum sinkt, wenn man ein junges Blut im Arm hält und dem Himmel so nah ist.

Und nun denkt ihr wohl, daß der König ein Auto nahm – in seinem Schlafrock war noch viel Geld – und dann …

verträumtes Hotelchen, lauschige Zimmer in Seide und herrlichen Düften und am heimlich knisternden Kamin, es brennt sonst kein Licht, auf einem brokatnen Kissen hockt Salomon und erzählt von seinem Königreich, seinem feinen Kaffee, seinem Kreisel, seinen Gesammelten Werken. Und Lore träumt, wenn sie nicht gerade wie eine Nachtigall ihre lieben, süßen Lieder jubelt.

Ätsch, oder glaubt ihr, da es so schon ziemlich früh war, sie erwarteten auf dem Hauptbahnhof die erste Elektrische? Nein, ich muß euch leider, da ich streng der Wahrheit gemäß berichte, enttäuschen, wie auch wohl im Leben so viele Freundesbriefe, so manche Liebe und Hoffnungen enttäuschen.

Sie gingen Hand in Hand zum alten, efeuumsponnenen Stadttor hinaus. Verspätete Liebhaber schlichen heim. Es war so schön, der Morgen dämmerte. In der Ferne leuchteten die Berge. Es schneite nimmer, der Mond schwamm oben blaß und verschlafen.

Junge Bäuerinnen, die Gemüse und Butter zur Stadt brachten, schauten sie groß an. Dann wurde es leerer auf der Landstraße, nur ab und zu ein Schloß, ein paar Bauernhäuser herum. Raben saßen auf den Telegraphenstangen – Gott, schon wieder vergaß ich's, die waren ja noch nicht erfunden, eigentlich könnte ich sie jetzt schon erfinden lassen, aber nein, ich will keine Unordnung in meinem Märchen; also sie hockten auf der Straße, auf Bäumen, na, ihr wißt ja alle, wo Raben und Krähen hokken. Lore sang von der dummen Liebe, von Rosen und

„Und nun wollen wir auch tanzen!“

Sie gingen Hand in Hand zum alten efeuumsponnenen Stadttor hinaus . . .

Mai und Sommer und Vergänglichkeit. Ihm wurde ganz frühlingshaft, und er fütterte den Raben seinen letzten Lebkuchen.

Sie gingen dem großen, großen, finstern Wald zu. –

Der weiße Ritter

Tief im Urwald, in einer riesigen Höhle, hauste mit seinen Gesellen Silvester, der gefürchtete Räuberhauptmann. Die armen, verfolgten Leute, denen er rasch half, hießen ihn nur den weißen Ritter; er selbst aber wußte oft nimmer, wie er hieß, oder wollte es nimmer wissen.

Vorm Eingang hingen an einer Schnur Hunderte von Totenschädeln, das war ein Lieblingsspiel vom Räuber Meingehörts. Die hatte er aber nicht von seinen Opfern, nein, dazu war er wie alle richtigen Räuber viel zu edel. Er hatte wohl manchmal manchen schäbigen Filz und Wucherer bis aufs Hemd ausgezogen und jagte ihn dann fort. Er erschlug niemanden wie die braven Heldenjungen in der Stadt, er stahl und raubte nur wacker. Ja, also er hatte die Totenschädel von einem Friedhof geholt, wo sie tags darauf der Meßner vergraben sollte. Davor hatte sie nun Meingehörts bewahrt, und er lehrte damit seinem Pudel das Einmaleins.

So still war es im Walde. Der Schnee fiel leise von den Zweigen. Die Vöglein zwitscherten vor der Höhle, sie wußten, daß ihnen da kein Leid geschah, sondern immer der Tisch bereitet war. In der Höhle prasselte das schönste Feuer. Die Flammen flackerten gespenstisch durch den unermeßlichen Raum.

Gott, wie schön warm war's in der Höhle. Meingehörts und der Pfingstisidor brieten sich eben ein saftiges Stück Mastochsenfleisch. Dabei ordneten sie ihre Arbeitsbücher; sie hatten solche für alle Berufe: Klempner, Schlosser, Schreiner, Rentamtssekretär, Kellnerin, Glaser, Major, Missionar, Kaiser, Kurfürst, Erzbischof – einfach alles. Dazu tranken sie Schnaps, der eigentlich für den Kaiser von Japan bestimmt war. Aber das war ihnen wurscht.

Ein Reichtum war hier aufgestapelt. Das größte Kaufhaus in Leichennägelkommilika, dem Lande der unbegrenzten Möglichkeiten, ist ein Pappenstiel dagegen. Was? Tietz und Wertheim? Das sind Läuse dagegen. Kinder, da habt ihr keine Ahnung. In säuberlich getrennten Lagern waren hier die Lebensmittel. Und was für welche! Tausende Büchsen Kaviar, Pasteten, Huhn, westfälischer Schinken, Spargel, Blumenkohl und erst die feinsten Weine. Große Fässer Pilsner, Kulmbacher; ganze Riesenballen Emmentaler, Maria-Theresientaler, Gorgonzola, Edamer und erst die Würste!! Die Würste, sag ich euch! Und erst die unzähligen Kisten Schokolade und die feinsten Bäckereien. Und hier wieder die pp. Stoffe, Schuhe, Kleider, Pelze, Motorräder. Und hier wieder Gold! Gold, sag ich euch, daß man vor Glanz die Augen schließen mußte, es blendete einen. Da waren ganze Tonnen Mün-

er lehrte damit seinen Pudel das Einmaleins

zen aus aller Herren Länder.

Was machen die australischen, beileibe nicht die europäischen Käsblättchen für Geschrei bei einem Diamanten von Faustgröße. Ich sage euch, Kinder, hier waren welche, und wenn ich lüge, das habe ich aber wirklich nicht notwendig, denn ich hab so nichts und hab von euch nichts; also wenn ich lüge, kann mich sofort mein Taufpate Beelzebub holen, so groß wie der Kopf des Ministers Wastlmeier Baron von Zipflhuber. Und das will doch allerhand sagen.

Mit Smaragden, Saphiren, Rubinen, Topasen, Amethysten gab man sich gar nicht ab. Nur auf dem reizenden Biedermeierschreibtisch Silvesters lagen welche, denn er liebte sie und wußte, daß sie eine Seele hatten. Vor einer Landschaft Corots, in einem schweren Lederstuhl saß Silvester.

Er griff dann und wann klimpernd ein paar sehnsüchtige Akkorde auf seiner Harfe und träumte und dachte.

Ja, gestern hätten ihn bald die Hackfleischkreuzheringsbändiger [siehe Brockhaus C, Band S, Seite Siebentausendvierhundertachtundneunzig, vierhundertsechzehnte Zeile von obenunten: ein nun im Aussterben befindlicher Hundianerstamm] erwischt. Er war kein Feigling, nein, aber enden, ohne zu vollenden.!

Er hatte den Kampf mit den Schurken aufgenommen, aus heißer Liebe zu den Bedrängten, und nun stempelten sie ihn zum Schuften, hingen ihm ihre Gemeinheiten an, und wenn sie ihn erst hatten, so büßte er wie der schlimmste Verbrecher.

Er dachte an Christus! Er gehörte nicht zu denen, die da glauben: Das Schicksal sei ein Floh, der sich von ihnen dressieren läßt. Die Menschen vergessen immer die Hauptsache, daß sie sterben müssen. Viele bilden sich ein, der liebe Gott hätte ihnen, nur ihnen ganz allein die zehn Gebote diktiert. Das sind dann die Frommen. Und die andern sind Dreck – verzeiht, ich würde natürlich, ihr kennt mich ja, nie so ein Wort sagen, aber Silvester sagte so.

Diese Leute sind doch gar nicht wert, daß man sie beleidigt, und was man ihnen heute nimmt, das stehlen sie sich auf „ehrliche" Weise schnell wieder zusammen. Und die paar andern, die nicht Dreck sind, sind Besen, sie kehren den Dreck zusammen.

Und bewegt dich heut was, in wenig Tagen hast du's wieder im Alltag vergessen. Man ist kein Künstler, der die schmutzige Welt [das ist natürlich nicht wahr, und war bloß so ein Optimistmus oder Pessigrießmuß Silvesters] in Gold verwandelt. Eigentlich kommt's ja doch auf dasselbe hinaus, ob man heut geht oder nach 30 Jahren. Man macht bloß weniger Dummheiten.

Der Raum Silvesters war mit echten Persern umhängt. Schöne alte Möbel waren darin. Welche lieben Hände mochten wohl die entzückenden Spitzen und Gehänge gearbeitet haben! Und welch ehrlicher Gesell mag wohl schon in den Schweinslederschmökern geschlürft haben! Da lagen Otway, Ronsard, Gryphius, Grabbe, Eichendorff, Jean Paul.

Ein melodischer Gong tönte, und Lazarus Spiritus, ein alter verdienter Räuber [gerade sagt er zu mir: Warum nennst du mich Räuber, was sind denn dann die großen Herren, die ganze Länder einstecken?] trat ein. Sein Gesicht glänzte noch von Ölsardinen.

„Da ist ein Bursch draußen, sozusagen ein Greis. Ein liebs Dingerl hat er dabei. Er wird's wohl irgendwo gekripst haben. Er sagt, er sei ein davongejagter König."

„Merkwürdig", grunzte Meingehörts aus einer Ecke, worin er eben abstaubte, „was jetzt täglich davongeflogene Könige daherkommen, laß ihn laufen, der hat ja doch nichts, und wenn er was hat, dann nehmen's ihm schon die Teuren, bei denen er in seiner königlichen Dummheit Zuflucht und Schutz sucht."

„Meingehörts", rief Silvester, „hast du zu reden oder ich? Führ sie herein!"

„Ich mein ja bloß", brummte der.

„Sei gegrüßt, edler Ritter", sprach der König, „du mußt mein Anker, meine Rettung, mein Felsen sein. Ich mache dich zum Generalvizeministerfeldwebelkönig, und du mußt, bis ich sterb, mit mir Kaffee trinken."

Lore lächelte. Sie hatte seinen langen Bart in zwei Zöpfe geflochten. Und Silvester senkte das Haupt. Er erkannte seinen guten Vater. Den armen Vater! Sein Schicksal wußte er ja, und er hatte längst daran

„Da ist ein Bursch draußen, sozusagen ein Greis“

gedacht, ihm zu helfen.

„Kennst du mich?“ sprach Silvester.

„Du bist der edle, weiße Ritter. Du hast ganz recht, daß du stiehlst. Meine Lore sagt's auch, die hat dich riesig gern, und wenn du willst, ich fühl mich so wohl da bei euch, dann, bitte, laß mich mal gleich Kaffee kochen, und die Lore muß: ‚I hob amal a Räuscherl ghabt‘ singen.“

Da lächelte auch Silvester. „Aber weißt du auch, ob ich dir helfen kann?“

„Du kannst alles“, sprach Salomon, „bloß nicht so gut Kaffee kochen wie ich.“

O liebes Kind, mit deinen alten weißen Haaren, du bist freilich zu gut für diese Nattern.

Erstes Zwischenspiel: Die Polizei

Aber Kinder, eben waren sechs Polizisten und Meister-Ministerdetektive da und verboten mir weiterzuschreiben. Sie gingen von Haus zu Haus, von Tür zu Tür, und überall suchten, fahndeten sie nach Leuten, die solche Dinger schreiben wie ich.

Ich solle arbeiten wie sie, sagte einer, und sonst auch ein nützliches Glied des Staates werden. In die Kirche ginge ich auch nicht. In der Schule hätte ich auch nichts gelernt!

eben waren sechs Polizisten und Meister- Minidetektive da

Überhaupt wüßten sie alles! Alles, was ich war, was ich bin, was ich sein werd.

Ein anderer hatte auf einem Samtkissen eine Rolle, die nahm nun der, der vor dem Sechsten kam. Natürlich erst zog er seine schwarzweißroten Fäustlinge aus, nahm aus einem mitgebrachten Koffer drei Kerzenleuchter und ein Kruzifix sowie sechs Photographien vom Polizeipräsidentsbriefträger, nagelte sie künstlerisch in den Hintergrund und las:

Der Dichter resp. Faulenzer Xaver Dampfkessel hat sofort auf ewig unseren Staat zu verlassen, da er die größte Gefahr für das Operationsgebiet, für den Staat, überhaupt für uns. Überhaupt könnten wir mit ihm nicht Staat machen. Überhaupt sein wir sehr gütig, daß wir ihn nicht köpfen. Er soll dorthin ziehen oder gehen, wo der Pfeffer wächst.

Ich unterbrach höflichst und fragte den Zweiten von den Sechsen: wo der wachse?

„Ich sollte nicht so frech sein", sagte die Hälfte vom Ersten, „sonst bekäme ich noch zehn Jahre mittleren Oberunterarrest. Überhaupt mache man kurzen Prozeß mit solchen Schlawinern, wie ich einer bin."

Wo der Pfeffer wächst, fuhr ER fort, seine Zeh, sein Kopf, seine Nase, alles von ihm sei exkommuniziert. Wer ihn binnen einunddreißig Minuten achtzehn Sekunden noch in unserer lieben, geordneten Stadt erwischt, darf ihn sofort aufhängen und bekommt das diamantene Vlies mit Krone, Zahnstochern und Schwertern. Seine

Wohnung sei durch den städtischen blechern Erzbischof auszuräuchern.

Ich solle die Hände an die Hosennaht legen und stillstehen, mit Andacht zuhören, ich hätte jetzt weder zu schnaufen, noch mir die Nase zu putzen. Ich solle mein paradiesisches (das ist nämlich das größte Schimpfwort im Staate – nein, ich sag's euch nicht) Maul halten – donnerte ein schöner, frisch aufgebügelter Popolizist.

Ich sagte, daß ich so nichts gesagt habe, und fragte, ob ich nicht das Hotelbeschwerdebuch haben kann; nachdem ich Bürger vom Mond und nicht von X., brauche ich mir das Hängen nicht gefallen lassen. Überhaupt hätte ich eine schöne Familien- und Hausbibel geschrieben.

Nun packten sie Kreuz und Kerzenleuchter wieder ein, ein Bild ließen sie da und gingen.

An der Tür noch drehte sich der Vierte von den Sechs, der, scheint's ein guter Kerl war, und den der liebe Gott vielleicht nur aus Zufall einen Popolizisten werden ließ, um und sagte:

„Wenn Sie schon unbedingt schreiben müssen, so schreiben Sie Rechnungen oder Adressen, schreiben Sie praktische Bücher wie der berühmte Heimatschriftsteller Josephus Rinozerus: Wie werde ich energisch? – Werden Sie Redner – oder die Kunst, in acht Tagen ein Millionär zu sein, und die Fortsetzung dazu: Die kleine Kunst, es achtzig Jahre lang zu bleiben. Schreiben Sie einen Liebesbriefsteller, der geht reißend ab, oder eine Operette wie:

Puppchen, du bist mein Augenstern, schreiben Sie einen Haßgesang auf unsre Nachbarn, die Hedwikiuskurtiusmalöhriaten, oder die Müllerhansinegertotten oder gar auf die Schusternazizulus – ich sag dir„[seht, er hatte mich schon so lieb, daß er mich duzte, ich muß doch ein netter Kerl sein, aber nun muß ich mich beeilen, sonst werd ich gesternheut nicht fertig], Xaver Teekessel, der wird rasend gekauft. Schreiben Sie: Die richtige, elegante Hausschneiderei, du wirst ein reicher Mann und kannst mir dann hundert Mark pumpen, die bekommst du sicher nicht wieder, wenn wir den nächsten Einbruch machen, d. h. sozusagen entdecken. Also werden Sie brav und schön wie wir, lieber Xaver, Sie sind doch sonst nicht so dumm."

Dann ging er.

Seht, das war ein guter Mensch. Überhaupt in Güte lass' ich mir alles sagen. Ich war so zerrührt, pardon, gerührt, daß ich fast Lust hatte, nur diesem braven Popolizisten zulieb ein braver und schöner Mensch zu werden.

Aber seht – und das ist ein Hauptsaisonschlager, sozusagen eine Pointe meines Märchens (da könnt ihr so richtig sehn, daß ich fast schon klassisch schreibe): Erstens konnte ich die Geschichte schon deshalb nicht fortsetzen, weil, selbstredend gerade als ich den lieben Besuch von meinen lieben teuren sechs Freunden bekam, mir das Papier ausging. Und da ich, ästhetisch, wie ich nun einmal bin, nur auf blauem Zuckerhutpapier schreibe, das mir der Kaufmann dort drunten an der Ecke

Schreiben Sie praktische Bücher wie der berühmte Heimatschriftsteller Josephus Rinozerus

immer, wenn ich seinen Kunden mit dem Dreirad die Waren zugestellt, schenkt [ja, gelt, Herr Professor Beistrich, das wird ein schöner langer Satz] und ich solches erst wieder in fünfeinhalb Wochen mir holen dürfte, so war es doch, das seht ihr ein, selbstverständlich, daß ich nicht weiter schreiben konnte.

Was kann ich dafür, daß gerade Besuch kam, das war nicht meine Sache, ich habe ihm ja nicht geschrieben. Ich kann doch nichts dafür, daß ich so berühmt bin und so viel Freunde habe.

Und dann überhaupt (das ist ein schönes Wort, das gefällt mir, es stand, glaube ich, auch in der päpstlichen Urkunde) also (nochmals, weil es so arg schön klingt), überhaupt war mir diese Stadt, wo ich meinen Palast hatte, schon zum Ekel geworden.

Ich wollte gerade, als die Freunde kamen, ich hatte sozusagen sogar schon die Türklinke in der Hand, die Stadt, wo ich residierte, verlassen. Denn ich dachte – genial, wie alle meine Gedanken, vielleicht schenkt mir in der Hauptstadt vom nächsten Königreich ein barmherziger Kaufmann blaues Zuckerhutpapier.

Da sieht man, wie die Popolizei Gedanken lesen kann. Tja, und doch ist es eine widerliche Anmaßung.

Aber ich weiß schon, was ich tu. Ich geh erst auf die einhundertundzwanzig Telegraphenämter des römischen Dorfs, laß mir überall ein paar Telegraphenformulare geben, und dann schreib ich draußen vor der Stadt, ach, es ist ja Frühling, auf einer lieben Wiese mit

überhaupt war mir diese Stadt, wo ich meinen Palast hatte, schon zum Ekel geworden

Bächlein, Birken, jubelnden Lerchen meine Geschichte fertig.

Ihr könnt mich gern haben da, ich drück mich.

Ich nahm meinen Zylinder vom Nagel. Erst legte ich noch das zurückgelegte Zeusbild in mein Bett und deckte es mit meiner blauen Kamelhaardecke warm zu, damit ER nicht friert.

Als ich die Treppe hinabging, und ich hatte ziemlich weit hinunter, riß man natürlich alle Türen auf und zeigte mit den Fingern auf mich.

Die Leute dachten natürlich sicher was Schönes, Gutes von mir, vielleicht ich sei Popolizeiministerpräsidentsinspektorassistent geworden.

Eigentlich hatte ich kein schlechtes Abschiedsgeleite. Ein paar liebe Hunde und ein Plakatträger liefen mir nach. Auf dem Plakat stand (vorn): Besuchen Sie das Museum und die Weinstube zum Heiligen Geist! (hinten) Genehmigt! Der Präsidentereihausknechtspräsident.

Da es zu tröpfeln anfing, stellte ich mich in einer Kirche unter. Zu was sind denn die Kirchen da.

(Lieber Leser, du brauchst nicht hinten nachschaun, es kommt doch nichts Interessantes! Doch du kannst mir vielleicht schreiben, wie Schinken schmeckt; oder läuft bei dir keine fette, nette Gans für mich herum?)

Aber, mir wurscht, gehn wir wieder. Ich steckte die Hände in die Hosentaschen. Plötzlich hör ich ein höllisches Geschrei:

„Onkel Xaver, dir Sau guckt das Hemd aus der Hose,

Zu was sind denn die Kirchen da.

und wenn du mir nicht gleich die Geschichte ‚vom Wirtshaus zum schmierigen Löffel' fertig erzählst, mag ich dich nimmer."

Ich muß die Stadt verlassen, Prinzessin, ja, das heißt, ich geh natürlich gern [es war natürlich keine echte Prinzessin, ihr müßt das bei mir nicht alles wörtlich nehmen, ihr tut's ja sonst auch nicht im Leben].

„Sooooso", sprach sie und steckte den Finger in den Mund, bis ihr dies zu langweilig war und sie weiterstrickte.

Liebe Genoveva, wenn ich wiederkomme, und da ich jetzt auf den guten Rat meines besten Freundes Kochbücher und Liebesbriefsteller und Gebetbücher schreibe, komme ich natürlich nur als reicher, eleganter, junger, talentierter Mann wieder. Im Auto mit silbernem Diener vorn und goldnem Mohren hinten, und wenn ich auch ein Monokel und eine schöne Glatze trage, du wirst mich doch erkennen, ich trage ein schönes Marmordenkmal umgehängt, drauf steht's. Und wenn du mich nicht erkennst, so brauchst du bloß so lange im berühmten Neuesten amerikanischen Börsen- und Welt- und Geld- und Heldrübenblatt zu lesen – und lesen kannst du ja schon recht gut –, bis du unter den Hochnafrichten findest: Morgen oder längstens gestern besucht der weltberühmte Kaiser und königliche Papst Xaver Dampfkessel der Erste mit seinen Autos und Kamelen unsere Stadt.

Ja, und dann erzähl ich dir die Geschichte fertig,

Wenn ich wiederkomme, komme ich natürlich nur als reicher, eleganter, junger talentierter Mann wieder.

Prinzessin, und zeig dir alles, was ich auf meinen Nordpolreisen erbeutet: die Geldsäcke, Pistolen der wilden Stämme, die Trambahnbillets der Eskimo; Mädchen, Hotelrechnungen, Frauen, Ansichtskarten, Handschuh, meine zerrissenen Socken und zerbrochenen Küchenuhren, die Affen aus dem heißen Lande der Dichter und Denker, die Reptilien aus dem eiskalten der Richter und Henker, die Löwen.

Und ich bring dir dann einen Prinzen mit, den du an- und aufziehen kannst. Dann sagt er Mama und Papa und tanzt und verneigt sich. Und einen granatenen Säbel hat er und einen Tschako sag ich dir, ach den Tschako.

Du brauchst ihm nur täglich seinen wunderbaren Schnurrbart mit Schmalz und Stiefelwichs einschmieren, dann macht er dir auch die Schulaufgaben.

„Und wird das bald sein?“

Sehr bald, sagte ich, und küßte ihre kleine Hand.

Dann stoßt ich meinen Stock auf das Pflaster, daß die Funken stoben, und verließ – das gastliche Bauernhaus.

Zweites Zwischenspiel: Spuk

Balthasar schwieg. Der Schauspieler gähnte. Draußen blaute die schöne Nacht. Dann klang aus dem Park ein Quartett herüber. Alles lauschte. Es waren die schwärmerisch jubelnden Klänge von Mendelssohns: Meeresstille und glückliche Fahrt.

„Unser lieber Lehrer vom Dorf", sagte die Gräfin gerührt, „mit seinen Großen. Es ist so schön, einander Freude machen."

Als die Nachbarn geendet, trat der Schauspieler auf die Terrasse hinaus und rief hinunter: „Schulmeister, kommt schnell rauf, wenn Ihr noch Schnaps erwischen wollt. Der Baron kämpft mit einer Flasche auf Leben und Tod und denkt an keine durstige Musikantenseele." –

In der gräflichen Schloßküche ging es lebhaft zu. Eulalia, die gute alte Köchin, schimpfte gewaltig über den Schauspieler; sie tat zwar nur so, um (wie wir alle) ihre Autorität hören zu lassen.

In Wirklichkeit fühlte sie sich furchtbar geschmeichelt, daß „so ein feiner, schlimmer Herr" öfter ihre Produkte einer Nachschau würdig hielt und dabei ihr Anekdoten erzählte. Sie ward selbst dann nicht ärgerlich, wenn er ihr etwas versteckt.

„Och", schnatterte sie, ans Büfett tretend, „da hat er schon wieder gewütet, die halbe Hummermayonais ist verschwunden – oder warst es du, Mathis?"

In der gräflichen Schloßkirche ging es lebhaft zu

„Möcht ich mir verbitten!"

„Nee", sprach der Gärtner, „der kauft bloß fleißig des Herrn Baron Zigarren."

„Und ich sage euch", rief Anny erhitzt, „ich war zu Tode erschreckt, und ich kann es mir nicht erklären, aber, und wenn ihr mich zehnmal verrückt scheltet, es ist so: eben als ich von meinem lieben guten Xaver, wir hatten uns beim hintern Parkpförtchen getroffen, fortlief, sah ich den Baron wie ein Gespenst beim Weiher stehn. Er hatte Hut und Stock und Mantel. Ich dachte, er sei fortgegangen, und ihr könnt euch denken, wie ich erstaunt war, als ich im Vestibül seine Kleider hängen sah."

„Nä, nä", echote Eulalia „dat is nichs scheen vom Härn Barron, so ein braves Härrche, aber gespenstern broocht er nich, da förcht ick mir."

Ja", fiel der Gärtner ein, „ich glaub dir's schon, Annerl, weiß es ja selber noch recht gut, wie mir die Frau Gräfin gesagt, der Herr Baron schrieb, ich soll das Grab vom alten Christoph nicht vergessen. Und als ich durchs Kirchhoftor trat und beide Hände voll Blumen trug, ließ ich sie vor Schrecken fallen: Am Grab des alten Christoph sah ich den Baron stehn. Und ich wußte doch, daß er in Italien war."

„Na, jez härt aba uff, ick trau mir sonst heit nich ins Bett." Sie nahm einen herzhaften Schluck Bier und fuhr dann fort:

„Wat ihr da quatscht, das is ja Bleedsinn, aber dat is wahr, als meen Mann in Hamburch arbetete und ick war damals Pullach bei und ick wollt mal äben nachsehn, ob die Haustür richtich verschlossen, da stand er bei der Treppe unten und hatte een

langes schwarzes Hämd an. Ick schrie uff und ließ die Latern fallen. Eenige Tage drauf schrieben sie mir's, daß er vom Gerüst jefallen und daß sie ihn schon begrawen. – Und da war ick noch een junges Mädchen, vielleicht achtzehn alt und jing äben ins Bett. Meene Schwester lach newen mich. Da wachte ick plötzlich nach Mitternacht uff. Von unserm Zimmer jing een kleenes Fenster uff den Jang hinaus. An dies Fenster wurte jeklopft, und eene unheemliche Stimme rief: ‚Babett! Babett!!' Mick gruselte, ick zoch mir die Decke über die Ohren und schlief wieder een. Als ick es morgens erzählte, lachte man mir uss. Nachmittags brachte man meene Schwester tot nach Haus. Se war beem Baden ertrunken." –

„Und sie hat doch nicht so unrecht", rief der nun eintretende, schon eine geraume Weile an der Tür stehende Schauspieler. Man war so vertieft, daß ihn kein Mensch gesehn.

„Ja, ich habe selbst manches erlebt, worüber mir niemand Aufklärung schaffen kann. So hatte ich einen jungen Kollegen, der vor den tollsten Dingen nicht zurückschreckte. Er schoß meisterhaft, und in zwei Duellen, wegen einem jungen dummen Ding, mußten ein Offizier und ein Arzt daran glauben. ‚Kinder', rief er eines Abends, ‚ihr langweilt mich!' Nahm seinen scharf geladenen Revolver heraus und schoß dreimal über sein Haupt. Man sah an den Haaren die Stellen drüber die Kugeln hinweggestreift. Er blutete ein kleins wenig, kaum der Rede wert. Also, ein Kerl! Und doch erzählte man sich, daß er nie durch einen Friedhof ging.

Wir trafen uns mal in so einem alten hessischen Nest. Und unser Weg führte durch den idyllischen Friedhof. ‚Ich warte hier', sagte er, ‚mich greifen die Toten an!' ‚Waschlappen', sag ich. Da ging er mit. Mitten drin zitterte er, erbleicht und brach zusammen. Er war tot.

Als ich es damals dem Apotheker, dem alten Goldmacher, den ihr alle kennt, erzählte, brummte der: ‚Hat ihn also doch der Teufel am hellichten Tage geholt.'

Merkwürdig ist es auch stets am Todestag meines Freundes, der ein großer Maler war. Wir feiern ihn stets bei einer guten Flasche und stellen auch ein Glas auf den einst von ihm so oft innegehabten Platz. Und um die zweite Morgenstunde, die Stunde seines Todes, zerspringt es mit einem leisen, traurigen Klang. Ich habe es selbst bereits zweimal mit eignen Augen gesehen.

Und dies vergesse ich nie: Als ich vor Jahren im Spätherbst auf der Ruine Salzbüchsl beim Untersberg im hohen duftigen Gras des alten Schloßhofs lag, in einem schönen Buch las und eben aufblickte, da nicht weit von mir eine Drossel so süß sang, sah ich vielleicht zehn Schritte von mir einen großen Mann in einer uralten Tracht langsam über den Platz gehen. Ich sprang erstaunt auf und rieb mir die Augen. Träumte ich? Nein, ich sah noch die Spuren im Gras. Aber der Mann war verschwunden."

Es läutete.

Wo der Schauspieler schon wieder stecke?

Anny blickte verschüchtert auf den Baron; der bemerkte es gar nicht. Dann sagte sie schelmisch: „In der Küche und erzählt uns Geistergeschichten."

„Glaubt ihm ja nichts", schmunzelte der Doktor, „er lügt wie eine Zeitung, das heißt, wie gedruckt."

„Ach", fuhr der Baron fort, „vielleicht die Ruhe, Betriebsamkeit, Dummheit der andern. Aber es gelingt nie und ist unmöglich, in einem Gebiet zu messen, wo kein Maß und Gewicht anerkannt wird. Hab keinen Zweck, verschmäh die Bücklinge" – sprach er fast schon mehr zu sich selber, „das Leben ist dahin, noch ehe du mit den so großen Vorbereitungen fertig bist."

„Ja", sagte der Doktor, „was enttäuscht nicht im Leben?"

„Ich", sprach der Tod. –

Der Ministerpräsident

Balthasar blickte den alten Spötter versöhnt von der Seite an.

Dann schenkte er auch ihm von dem alten französischen Klosterlikör ein und fuhr in Xaver Dampfkessels Räubermärchen also fort.:

sah ich einen großen Mann in einer uralten Tracht langsam über den Platz gehen.

Der Ministerpräsident Lotschensepperl bekam einen Weisheitszahn. Und daran starb er. Und weil er so bös war, zuletzt wollte er gar noch die Königin heiraten – also Königinnen, nehmt euch ja vor Ministerpräsidenten in acht – doch, ich bemerke ja eben, daß mir nur die wenigsten zuhorchen, und der Schauspieler ist auch schon eingeschlafen, – ließ ihn der liebe Gott nicht im Amt, nicht beim Bier und nicht im Bett sterben.

Sondern als er gerade von einer Hamsterpartie, ich bin ein armer Familienvater, sagte er zu den gescheiten Bauern, zu Haus hab ich eine blinde Frau und acht kranke Kinder; er trug seinen Rucksack voll Schweinernem, zurückkehren wollte ins Schloß, da begegnete ihm der Tod und sprach:

„Mit gähst, du kimmst ma grod recht. A so a Minüstapräsidäntal konn i grod no verdaun."

Der wollte den Tod zwar verhaften, aber fiel um und war tot.

Es hätten ihn direkt die Spartakisten gefressen, wenn nicht gerade ein Mann, das heißt zwei Männer, des Wegs gekommen wären.

Das heißt, wir müssen nun erst sehen, ob sich die überhaupt um ihn viel scheren.

Der eine war der Herr Kasperl Larifari, er kam von einer Konzerttournee und Gastspielreise auf den Mars zurück.

Der andere war sein Kammerdiener und trug ihm eine Riesenzigarre und einen Maßkrug nach.

„Ui, ui Jegal, dö san maustot, holt, ös is ja bloß Oana,

„Mit gähst, du kimmst ma grod recht. A so a Minüstapräsidental konn i grad no verdaun."

Der andere war sein Kammerdiener und trug ihm eine Riesenzigarre und einen Maßkrug nach

aba Manndeih, daß d' gar an so großen Bim host, jo, wer wird denn aba a so dumm sei und sterbn“ (der törichte Kasperl wußte natürlich nicht, daß der arme Lotschensepperl an einem Weisheitszahn gestorben, so was ist doch immer tödlich).

„Nikodemus, reiche mir mal mein Gebetbuch, damit sich mein Vatern sein Sohn stärke . . woas, laaar . . . na, doa pfuit di Good, da hab ich kaine Zeut, Euch zu bewoinen.“

Dann gingen sie beide.

Hört ihr ihn nicht: „Wirtshaus! Wirtshaus!! schrein?“

Der berühmte Kasperl

Der berühmte Kasperl machte, als er sich der Hauptstadt näherte, große Toilette.

Dann befahl er Nikodemus: nachdem er geneigt sei, sich gebührlich für die Residenzerei in Stand, Um- und Anstand zu setzen, soll er vorauslaufen und ihm auf den Schulen für drei Pfennig Bildung und, wo's zu haben ist, vielleicht um einen halben Pfennig Literatur und Kunst, aber hauptsächlich auf der Universität um eine Mark Backsteinkäs und um eine Mark Schwartenmagen kaufen.

Er wolle in der Schenke „Zum Wildschwein“ warten und inzwischen Wasser trinken.

„Halt,“ fiel ihm ein, als Nikodemus fort war, „ich hätte

ihm noch um einen Taler Ruhm anschaffen sollen, damit er die räsitänzliche Marktschnellpresse und die Domherrn gut einschmiert und sie wie Nachtigallen mein Lob singen."

Und da es damals Mode war, philosophierte er: Es ist doch spaßig, hintennach wissen wir immer, was wir hätten reden und tun sollen – wenn's zu spät ist.

Und mit den philosophischen Gedanken geht's wie mit den Läusen, solang du eine hast, hast du dann immer auch zwei und mehrere. –

Aber Kasperl, ich, Xaver Dampfkessel, dessen bester Freund ein Popolizist, muß dich innigst bitten, hier nicht von L... zu reden, ich kann nur nette Leute brauchen, ich schreibe für ein honettes gebildetes Bublikumm, und das will was haben für sein Geld.

Und dann zieht mir höchstens mein Hofverlegerfriseur eine Ordnungsstrafe ab, und ich kann dann meiner Anny keinen Luftballon kaufen.

Um Himmels willen, rennt nicht zu der Gräfin Irene und sagt's der Anny dort, es soll ja eine Überraschung werden.

Teufel! Jetzt hab ich mich verhaut, ich hab vor lauter Schreiben ganz vergessen, daß mich mein Freund, der Balthasar, schon sterben ließ: na, wer nichts wagt, gewinnt nichts. Frisch gewagt ist halb zerronnen. Man muß das Eisen schmieden, solang es kalt ist, – wollt ihr noch mehr?

Überhaupt bin ich Laufbursche in der Irrenanstalt vom göttlichen Herrn Professor Meier. Das ist eigentlich gerade soviel, wenn nicht noch mehr als gestorben. Na wir werden ja sehn. –

Also, der berühmte Kasperl, man kannte ihn sogar in der Schänke „Zum Wildschwein", ließ sich eben die siebente Maß Wasser bringen und schrieb dabei an seinem großen vüllosoßischem Standardwerk: Der Aufabüberoberunterkellnergang des Morgenvormittagnachmittagabendlandes.

Er schrieb da allerhand um einen Kreuzer über das Vergangene, das, was jetzt ist [und DAS ist sehr viel! Xaver Dampfkessel], und die künftige Zeit, die zog er einfach an den Ohren herbei.

Das schönste dabei waren die Aphorismen.

Nachdem ich mit dem Autor gut befreundet, habe ich ihm einige gestohlen und, auf daß der Setzer etwas mehr Arbeit hat, zu spät in die Kirche kommt und mehr Stundenlohn bekommt, soll er's von mir aus, und euch ist's doch auch recht? das heißt, euch muß's einfach recht sein, nur setzen.

Also: Befehlen kann ICH, gehorchen ist schwer ... ICH, ja! aber die Mitwelt ist ja immer geistlos und ... ich habe, nachdem ich nicht gelebt hab, nur mehr eins zu besorgen: Bratwürstl essen und zu sterben, dann sind meine irdischen Kommissionen erledigt, und ich kann mit Palmwedeln ins Himmelreich einziehn ... als ich sah, daß es nicht gehn wollte, GING ich endlich selbst ... Viele erringen MEIN Wohlgefallen nur duch ihr Mißfallen ... ICH sorge für MEIN Vergnügen, die andern und Dummen ums tägliche Brot . . . das grausamste, giftigste Tier ist der Spießer. Er tötet alle Menschen, die keine Tiere sind. Seine ganze Nation ist mit HURRA und Blödheit verseucht ... man glaubt mir gar nicht, welch unsäglicher Trost in den elenden simplizianischen Wörtlein: tja, es ist nun halt mal so im Leben, ... Philosophen wie ICH, Kinder und Irrsinnige wundern sich über gar nichts ... ich verzichte gern auf die zweite Qualität, bekomme ich die beste nicht ... ach, nur gar zu oft hat mein Herz in einem Maul voll Phrasen Platz . . . An dem großen Kasimir Pressack finde ICH nur das eine zu tadeln, daß er noch nicht gestorben, und so ist ihm noch reichlich Gelegenheit geboten, sich glänzend zu blamieren . . . Gestern habe ich bei einem Hausierer die zehn Gebote gepachtet. –

Und dieser selbe seltene, geistvolle, kluge (ich habe diese Dreieinigkeit von einem großen, modernen Kritiker abgeschrieben, der wenn's wüßte !!) Kopf, dieser Kasperl Larifari also, der so prächtige, zündende, kernige, mannhafte, formvollendete Sätze findet, der die Sprache wie ein Instrument beherrscht (do. abgeschrieben) verirrt sich, wagt sich, erkühnt sich (do. zusammengekerrt) in einem Kapitel zu der (dies Wort habe ich nun zur Abwechslung vom Doktor gestohlen) blödsinnigen Äußerung:

Ich weiß nicht mehr, was ich mit mir anfangen soll, das kommt davon, wenn man soviel mit sich anfängt.

Seht, lobt doch euren Xaver ein wenig: hab ich nicht brav erst den dummen Kasperl in seinen blödsinnigen Memoiren bestohlen und nun, hab ich nicht brav kritisiert?

So muß man's machen! Ich hoffe, mich lesen recht viele Gimpelnasiasten, Staatskommissarsgreise und andre Säuglinge; man kann wirklich recht viel lernen in meinen Universalschriften (erst mein Neues Kochbuch sollten Sie lesen, da hab ich jedes Wort gestohlen, kaufen Sie sich's, Sie ersparen sich drei ganze Lexikon.)

Ich hoffe auch noch, daß sich bald das Kulitituministrantenterium an mich wendet und mich beauftragt und natürlich bezahlt, ein Lesebuch für Taube zu schreiben.

An mir soll's nicht fehlen, was tut man nicht alles, wenn man liebt. –

Während ich dies meiner Privatsekretärin diktiere, hatte man inzwischen dem Aktionär Lotschensepperl vor jedem Haus des Königreichs riesige prächtige Denkmäler mit Löwen, Kreuzen, Halbmonden, Kochlöffeln, Sonnen und Eichenlaub errichtet.

Der oberste Oberreichsdichteroberkellner konnte gar nicht genug Inschriften ersinnen; lauter schöne, eine immer schöner fabriziert als die andere. Einem andern wären sie längst ausgegangen, aber da sieht man so recht wieder, was ein Talent, ein Genie ist. Es geht halt nichts über Viehzucht- und Ackerbauhochschulbildung. Also:

Dem unvergeßlichen Helden des Vaterlandes! Das Großvaterland verdankt ihm alles! Auf dem Kartoffelfelde der Ehre gefallen! Ruhe noch sanfter als sanft!

Seine Freunde, der Fliegenleim, der Hinterfotzingerlali, der Hoppeigichttoni, der Trottelhold, der Affenschmalz, der Flohlöwe, der Veilchendarm, der vom Ähäh, der von

das grausamste, giftigste Tier ist der Spießer

der Bar, der Hyronimus vom Löschblatt, der gräferne Käskuchen von Kuhwede (merkt ihr's, das tu ich ihnen zum Trotz an, die werden sich rasend ärgern, daß ich sie bloß „der" tituliere) zwackten natürlich das Geld zu den Pyramiden dem braven Volke ab, aber man muß sagen, daß es viele gern gaben, denn sie waren sehr erfreut, daß Lotschensepperl von ihnen erlöst und ins Himmelreich zu seinen Ahnen eingegangen.

Ja, stellt Euch nur mal den kolossalen, monumentalen, horizontalen, famosen Eindruck von diesen imposanten Denkmälern vor. Es war wirklich ein erhabener, erhebender Anblick, besonders für Unsere liebe Jugend.

Die war ja freilich nun an Pyramiden gewöhnt. Denn jede Familie im Königreich hatte bedeutende, berühmte Männer, und auf jedem Hausdach standen die enormen Reiterstandbildnisse. Es ist ja wurscht, was sie waren, ob Metzger, Schuhriemenverkäufer, Dichter oder Lokomotivführer.

„Die Hauptsache ist, daß eine Mannschaft etwas leistet, es ist streichwurstig was!" sagt der große Staatsmann – wißt Ihr vielleicht, wie er geheißen hat?

Und könnt Ihr Euch etwas Schöneres denken als diese Millionen alten und neuen Kehrichttonnen [nur zu, Xaver, die merken's ja doch nicht] stündlich frisch mit Fahnen, Blumen und Lorbeerblättern begossen.

Es gab viele Mittel, um zu einem Denkmal zu kommen – (entschuldigt, daß sie noch nicht aufhören, ich weiß, Ihr seid alle schon auf Salomon und die Lore erpicht, aber ich kann Euch nicht helfen: Denkmäler sind eins von meinen Spezialfächern und empfehle ich mich anbei gebührend den hochgeschätzten Denkmalsausschüssen).

Selbstverständlich waren sie alle sehr schwer. Man brauchte zum Beispiel, und das ist noch was von der ganz leichten Sorte, nur seinen besten Freund erschlagen [bei so einem kannst du's leicht tun, der wehrt sich fast gar nicht], von dem man Speise und Trank nahm, oder man ging in eine Vorstadt und wartete, bis so einem dahergelaufnen, landfremden Element einem lasttragenden Arbeiter der Schweiß auf der Stirn stand, dann erdrosselte man ihn, oder man ging in eine Kirche, holte sich sechs hungernde arme, alte Weiblein heraus, schoß sie nieder und sagte dann: sie hätten für das Wohl der Müllerhansinegertotten oder der Schusternazizulus gebetet.

Ja, es herrschte ein schon erzengelscher Zustand unter den – na, ich will Euch nun endlich den Namen sagen – Kulimulilazipaziern.

Denn Streitigkeiten gab es dank den zwölftausendbillionentrillionenunddreizehn Verordnungen vom seligen Lotschenpepperl, inzwischen war er gerade zu Rom heilig gesprochen worden, nicht mehr.

Hatte einer wirklich einen Feind – Gott, ja, was nennen wir nicht alles Feind; zum Beispiel, hat man uns die Wahrheit gesagt oder Geld geliehn, hierher gehören auch all die Schufte, die uns Gutes getan, oder gab uns einer kein Geld mehr für Schnaps, Mädchengeschenke, Zigaretten, so ging man einfach bloß zum nächsten Schand-Darm und

Es war wirklich ein erhabener, erhebender Anblick

sagte: Herr Kaiser, der da drüben, der so still in seiner Kammer hockt, ist ein Hochwasserniederverräter. –

Oder man brauchte bloß auf dem Marktplatz recht laut „krukru" oder „trara" oder „lolo" oder „bumbum" oder „hurra" oder „marmelad" schrein, dann schrien sofort alle Kulimulilazipaziburger mit, hoben ihn auf ein Kalbsbratentablett, und er bekam sein Denkmal.

Infolge der enormen Nachfrage erfand man eigene Schlagmaschinen. Die gesamten Aktien dieses erfolgreichen Unternehmens hatte alle – so lese ich gerade im berühmten Neuesten amerikanischen Börsten- und Welt- und Geld-Dotschenblatt – der noch berühmtere Hinterfotzingerlali (und extra geb ich ihm seinen Minister- und Richtertrichtergelichter-Titel nicht) aufgekauft. Man stellte sich darauf. Durch eine sinnreiche Maschinerie bekam man einen ganz kleinen Schlag mit einem Riesenhammer und – war kaputt.

Es war ja ein Vergnügen zu sterben. Vierzehn Minuten darauf hatte man sein Kriegerdenkmal.

Sogar den Jakob Harringer sein Denkmal konnten sie sich anschauen.

Diese genialen Schlagmaschinen (K.R.P.) wurden überall in allen Rat-, Schul-, Bier-, Feuer-, Schlacht-, Café-, Pfarr- und sonstigen öffentlichen Freudenhäusern zu lächerlich billigen Volkspreisen abgegeben.

Andern, und das waren viele, das waren natürlich die tapfersten Kulimulilazipazier, bekamen ihr Leibdenkmal auf diese famose Weise: Sie gingen mit ihren National-

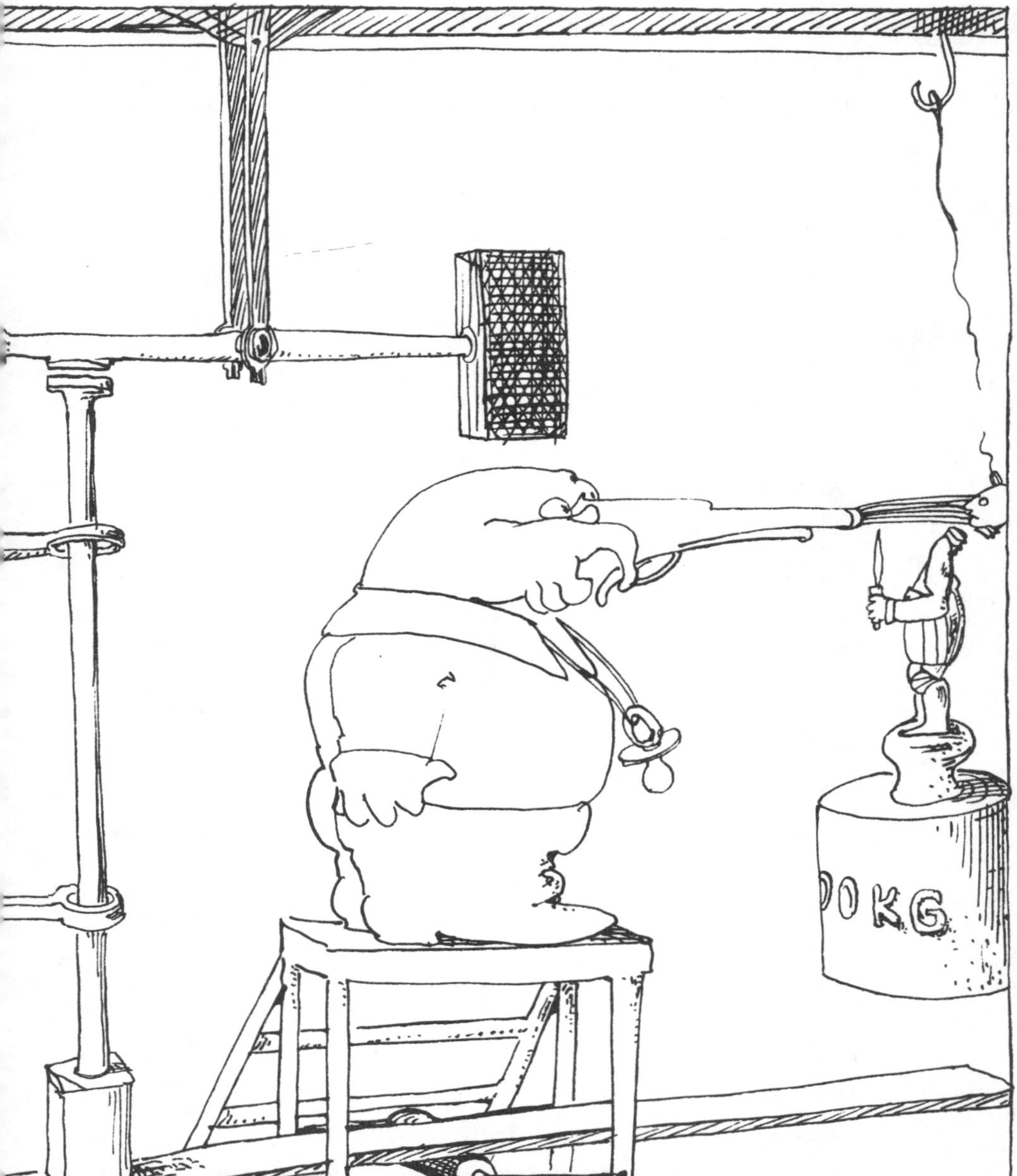

Durch eine sinnreiche Maschinerie bekam man einen ganz kleinen Schlag mit einem Riesenhammer . . .

federn um ihre edle Lorbeerstirne zu den Müllerhansinegertotten und Schusternazizulus und sangen jedem laut ins Ohr: bin i net a schena Kulimulilaziburga.

Das ärgerte diese, und sie griffen natürlich sofort ins Portmonäh, nur damit sie den schönen sanften Lanolinterpentinbenzinfridolin wieder losbrachten.

Das waren aber dafür auch die edelsten Kämpfer und Recken für die Kulimuli- – na, Ihr wißt's jetzt schon – Sache.

Mit dieser Auslandsspende kauften sie sich Hosenträger, Backsteinkäs, Zacherlin, Maggi-Suppenwürfel, Leibbinden, Feuerspritzen, dreiviertel Pfund Königreicher und Sauerkraut.

Also um Euch nun wieder weiterzuerzählen – halt, noch was Wichtiges fällt mir eben ein, es paßt zwar nicht hierher, aber für was sind wir denn modern, und gerade weil's nicht hierher paßt, find ich, daß es hier recht hübsch sich ausnimmt: hat vielleicht wohl eine Leserin ein wenig Liebe für mich übrig und eine Dreizimmerwohnung, dann schreib, sie mir gleich, natürlich EINGESCHRIEBEN. Sie kann mir auch gleich – das nimmt sich noch hübscher aus – Geld und Devisen hineintun. Ich möcht mir schon lang wieder mal Komiker ansehn und Karussell fahren. Sie braucht ihn nur an den Verleger meiner weltberühmten Familien- und Hausärztinbibel senden. Bitte nicht an den Verleger vom Räubermärchen, der sitzt, den haben nämlich die Hedwikiuskurtiusmalöhriaten entführt und möchten ihn unbedingt, aus Strafe, weil er so was druckt, erst braten und marinieren und dann – ja, Ihr glaubt nicht, wie zäh so ein Luder, pardon: Verleger, mit der ältesten, krummen und schielenden Tochter vom Minister Wastlmeier Baron von Zipfelhuber verheuraten.

Der Drache wird ihm schon das Räubermärchenverlegen austreiben. –

Die Kulimulis

Ja, die Kulimulis dachten an gar nichts. Sie fühlten sich sauwohl und lebten in Saus und Braus, so gut war es ihnen noch nie gegangen. An allen Landesgrenzen standen Ehrenjungfrauen und Fahnengroßmütter und hielten Riesentafeln, natürlich in den Händen.

Darauf stand: Brüder und Schwestern von Müllerhansinegertottien, Schusternazizulunarien, es ist wurscht, wo ihr her seid, an Unserm Wesen seid ihr einst genesen, ihr schäbigen Chinesen, drum mußt du das lesen: Unser tapferes Volk, unsre Trillionäre sind vorm Verhungern, bringt uns Gold, bitte beim Portier abzugeben, rettet uns. Wir wollen zwar, ein einig Volk von Brüdern, wenn wir einen von euch erwischen, massakrieren, aber eure Goldstücke wollen wir doch gnädigst verlumpen. Wir wollen auch über euch blöde Affen lachen, und unsrer heiligen Jugend lernen, euch zu verachten, aber legt nur euer sauer erspartes Geld in unsern Opferstock, Ihr bleibt zwar die gleichen Trottel und damischen Gscherten, bitte,

An allen Landesgrenzen standen Ehrenjungfrauen und Fahnengroßmütter

Zum Nachfolger war selbstverständlich Friederikus Hinterfotzingerlali Rinozerus erwählt

bezahlt also sofort, was ihr uns gar nicht schuldig seid.

Man bekam natürlich so viel, daß man täglich Kirchweih feiern konnte. Nur die Königin Scholastika war vor Kummer gestorben. –

Dies kam nun Silvester und seinen Gesellen sehr zustatten (ein stattliches Wort). Sie konnten inzwischen herrlich ihre Vorbereitungen zum Hauptschlag treffen. –

Die Minister dachten an gar nichts. Dies hatten sie natürlich in ihren langjährigen Ämtern prächtig gelernt. Zum Nachfolger war selbstverständlich Friederikus Hinterfotzingerlali Josephus Rinozerus erwählt, weil er den schönsten Namen trug, und dann hatte er sonst auch noch bei den Schusternazizulus riesige Herden von Vieh, Hakenkreuzen, Windeln, eine Schnupftabak- und zwei Malzbonbonfabriken erbeutet.

Also die Minister unterzeichneten gerade im ockerpreußischlilanen Himbeermarmelademargarinereichstagssaal da einige Milliarden Todesurteile von Hochniederverrätern.

Darunter waren viele, die so verdorben waren, daß sie sogar in Gegenwart von so berühmten Ministern geschnauft oder gar deren Bildnisse nicht auf ihrem Hosenboden gemalt trugen.

Dabei pfiffen sie: ‚Machen wir's den Schwalben nach' und ‚Kommt a Vogerl geflogen'.

Der Hofnarr dirigierte, aber den sahn sie natürlich nicht, denn er war auf der Kamillenteereisendentribüne, dort, wo früher in der Steinzeit die Pressevertreter saßen.

Aber nun gabe es so was Unkultiviertes nimmer.

„Ach was", sagte der neu engagierte Minister Hendipipi, „den Silvester köpft man zweimal, die Lore will ich, dann steckt man sie zu den Ursulinerinnen, und den König, erst müssen wir ihn freilich haben, den sperren wir in den Tiergarten."

„Nein", widersprach der berühmte Hieronymus Löschblatt, „schaun Sie mal nach, Fräulein, in unserer Kartothek oder im Papierkorb oder im Kopierbuch, halt, mir fällt's eben ein, es war der vierhundertzweiundzwanzigste – was? stimmt nicht? das ist doch wurscht, es merkts ja doch keiner von euch – ach, verzeiht, ich dachte, es seien einige Schusternazizulus da . . . Minister."

„Nein, den schlachten wir ab und machen Blutwurst daraus und Grützebrei."

Gut, daß es der König nicht hörte; der saß, es war ein dämmernder Januarnachmittag, schön warm am Försterstammtisch im „Blauen Stern" und erzählte den Holzknechten und Wilderern, einigen Dackeln und der Nanndl, von der guten, alten Zeit, wo er König gewesen, von seiner Kaffeemühle, seinem Grammophon, seinem Kreisel.

„Ja, seht, auch andre Leute, und was für eine sind in Arkadien gewesen, nicht nur ihr."

Der arme König sah nicht, daß das alte, greuliche, scheußliche, stinkende Hexenweib in der Ecke, er hatte ihr noch in seiner Gutmütigkeit ein paar Dukaten geschenkt, ein verkleideter Staatsanwalt war.

Der arme König sah nicht, daß das alte, greuliche, scheußliche, stinkende Hexenweib in der Ecke ein verkleideter Staatsanwalt war.

Ja, die Mühlen Hinterfotzingerlalis mahlen sicher, aber rasend.

Es war der berühmte Unteramtsrichterober Freimadl Eugen Helmut Egon Paragraph von Mäckmäck zu Gekgek. Er war ein tüchtiger Geschäftsmann und hatte erst gestern in einer Schwurgerichtsleberkäsverhandlung den lieben Gott, den heiligen Käsebier und Unsre Liebe Frau zu neunhundertneununddreißig Jahren Zuchthaus und dann zum Tode erst durch Strang und nachheriges Erschießen verurteilt.

Doch, da es gerade hierhergehört, es hätte wirklich nicht schöner passen können, will ich Euch sagen, wo ich den staatlichen, stattlichen Staatsanwaltsbleistift kaufte, mit dem ich diese wunderhübsche Zitherschule schreibe.

Ihr geht auf den oberen Löffelwimmerlplatz bei der Altweibermühle vorbei. Dann rechts, bis ihr auf einmal rechtslinks gehn müßt, dann geht ihr linksrechts zurück, und dann geht nur zu, ich sag's Euch schon, wann Ihr dort seid. Oder ihr wartet, bis ich meine Gesandtschaftsjustizräte wieder mal um Hundsfutter schicke.

Es kann auch sein, daß ich den Bleistift einem Reck-Tor stahl oder in einem Rinnstein gefunden. Und die roten, gelben und blauen Lilarüben, die ich während dem Sägen an dieser historischen Abhandlung dinierte und soupierte, die kripste ich auf den Äckern des Hinterfotzingerlalis. Dabei habe ich einer seiner weidenden Meerkühe einen Zettel an den Schwanz gebunden.

Ich sagte es ihr aber nicht, was ich darauf geschrieben. Erst in meinen nachgelassenen Werken könnt ihr's lesen.

Die Brotrinden dazu und Zigarrenstummel habe ich auf dem Luftbahnhof aufgeklaubt.

Was stört mich denn schon wieder bei meinem Genie resp. meiner Muse, wo ich noch dazu an meinem weltberühmten ABC-Buch arbeite. Muß mich nun doch, wo ich mitten im schönsten, ordentlichsten Fabulieren bin, immer was aus der Fassung bringen.

Autohupen rasen die Straßen auf und ab. Es waren die Erzengel des Oberbirnbimstallbriefträgers.

Auch ein paar Nachtwächter gingen mit und schrien: Wo hier der Doktor der Medizin Xaver residiert?

Ich riß die Fenster auf und zeigte mich dem Volke.

Und ließ eine Schnur hinab.

Dann banden sie mir den Brief dran, und ich zog ihn herauf. Er war ziemlich schwer.

Wartet, laßt mich erst bitte meine Denkmäler-Universitätsuniversalvorlesung fertig machen oder, nein!

Ich kenn Euch ja und weiß, wie Ihr alle auf Briefe gespannt seid. Mich macht ja so was nicht neugierig. Mein Gott, wenn man wie ich sogar alle fünfzig Jahre einen Brief bekommt, dann ißt man sich endlich an Briefen satt.

„meximaxi quaqua bratis wurstis kas a", wie wir Lateiner zu reden pflegen.

Also wenn ihr nichts aussagt und es ja nicht für Euch

behaltet, will ich Euch den Brief herdrucken lassen. Natürlich das Kuvert rot und der Bogen blau.

An hochwohlgestorben Herrn Geheimrat Dampfkessel, Professor an der Puppenklinik! Da es Ihnen, wie Sie mir schreiben, sehr schlecht geht und Sie direkt vorm Verhungern sind, ich habe mich auch bei Ihrer Zimmerfrau, bei Ihrem Prinzipal, auf dem Rentamt und auf der Polizei erkundigt und Ihre Angaben der Wahrheit gemäß gefunden, sende ich Ihnen von Herzen, mit Schmerzen, meine Neueste Pfotographich, wenn Du die anschaust, vergeht Dir der Hunger. Desgleichen will ich gerne, wenn ich sonst gerade nichts Wichtigeres zu tun habe, für Sie beten. Ein Stück Seidenpapier, es waren darin ein paar Strümpfe für meine liebe Frau, die Ihnen schönstens Eiei sagen läßt, eingewickelt, lege ich bei. Sie können damit abpausen. Also Xaver, nimm es, Dein für Sie betender Stinnes.

Ihr könnt Euch denken, wie mich dieses echt fürstliche Geschenk freute. Ich bekam darauf so riesigen Durst, daß ich mir gleich aus meinem Schreibtisch ein paar Kartoffelnudeln kaufte.

So, da sind WIR wieder. –

Ich guckte noch in die Küche und sagte meiner Gouvernante: sie solle runtergehn und das Volk von mir grüßen.

Halt, das gehört ja in eine andere Geschichte, in ‚den Letzten Vorhang des Amandus'.

Wer hat mir denn da schon wieder meine Zettel durcheinandergebracht. Gott, es wär kein Wunder, wenn man verrückt wird, ich sage, es ist eine Schlamperei, Frau Bohnenstroh hat wieder nicht ordentlich zusammengekehrt.

Wo käme sonst der Zettel her, der in die achthundertsiebzigste Schublade meines Dichtereimagazinschranks gehört, darin die Papiere und Dokumente zum Dienstmädchenroman.

Ach, was für Ekel hält mich denn schon wieder in meiner Arie auf. ER hatte blaue Spitzenunterhosen und schön warme wollene grüngestrickte Damenunterröcke an. Ich dachte, es sei der liebe Knecht Rupprecht. Aber da ging's schon los:

„Professor Dampfkessel, wart Du Bürscherl, jez is aus mit Deine Herrlichkeit, Dir wern ma Kulimulis gebn, jez bist vahaft, moanst mir san so blöd und schmeckens nöt, daßt uns gmoant hast; Mir, wo ma uns Unsa schreiben. Jo, dös sinnt die Vabrecha an inserm Kullturrvolke, an unsra vataländischen Sache, das sint de Leut, die es in den Kasernen zu keinem Profässer gebracht hamm, die auf den Universaluniversitäten keine Generäle, wie wir geworden sint, dös san die charakterlosen Charracktäre der Freiheit, disser Xaver ist der Untergang unsres berühmten, in hächster Blitä stähenden Kulturstaates."

Es war also ein Schand-Darm. Erst war ich natürlich zu Tode erschrocken, aber dann, als er mich eben packen und in einen mitgebrachten Sack stecken wollte, zog ich schnell meine Tarnkappe aus der Tasche meines chinesischen Perserschlafrocks und – war unsichtbar.

Er hatte blaue Spitzenunterhosen und schön warme wollene grüngestrickte Damenunterröcke an

„Gauna, Lump, Tagdiab dreckiga, wo bißt denn?"

„Do bin i" wieherte ich.

„I sog daß, dabläk mi net, gäh vüra, windiga Dampfkessl, wennst a Schneid host, Rotzbua miserabla, i dawirf di."

Ich sagte: „Hihihi."

Er wurde so gockelrot, daß er wie ein Hafersack barst und mitten auseinanderfiel. Dann zog die eine Hälfte der andern noch den Säbel aus der Scheide und hieb in echt christlicher Teilung ihr und sich selbst den halben Kopf ab.

Jetzt hatte ich die Bescherung in der guten Stube.

Ich kommandierte erst meinem Fräulein, mal schnell eine Ansichtspostkarte an unsern Geschäftsfreund, den lieben Gott, zu stenographieren und ihn zu fragen: ob keine Fee, kein Zauberer, kein Teufel einen gewissen, uns unbekannten Xaverio Dampfkesselio brauchen kann.

Dann noch ein Telegramm an Larifari: Ehrwürdiger Kasperl, WIR richten an Sie die höflichste Anfrage, ob Sie nicht König werden wollen über Unsre gute Stube. NB: einige hundert Exemplare von Unserm berühmten Werk: Die Kunst in zwei Tagen ein perfekter Schwarzkünstler zu sein – sind bei Übernahme des Königreichs zu übernehmen.

Na, ich nahm die Manuskripte von meinen Geographie- und Schullesebüchern, meine Schreibmaschine und meine Privatsekretärin untern Arm, meinen Papierkorb auf den Buckel und ging die Treppe hinunter, und ich hatte ziemlich weit hinunter.

Ja, da kenn ich keine Würstl, solln sich die Kulimulilazipaziburger ihren Darm selbst holen.

Plötzlich, als ich schon fast beim Schloßportal war, kam Einer daher. Er sagte: früher sei er die gebratne Gans mit Messer und Gabel gewesen, nun aber bei den schlechten Zeiten sei er der Reisbreiberg aus dem Schlaraffenland –

Was? ich soll einmal ordentlich erzählen? Na, das sagt ihr, meine innigst Verachteten, so ganz leicht; ihr braucht ja nicht Räubermärchen schreiben. Überhaupt hab ich mir vorgenommen, wenigstens in dieser Geschichte endlich einmal ordentlich unordentlich zu sein. Ordentlich erzählen kann jeder Goethe und ordentliche Sachen die könnt ihr Euch von jedem Brombeerstrauch abpflücken. Aber das ist eben die Kunst, schön fein unordentlich zu sein. Haben Sie nur noch ein paar Tage Geduld und noch wenige dazu.

Überhaupt fällt mir ein: Ihr habt doch das Buch bezahlt, was?? na, dann ist's schon gut. –

In der Höhle

Tja, an der Höhle plauderten unsre Gesellen. Süßes Nichtstun umgab sie. Lind wirbelten die Flocken. Manchmal schwiegen sie und lauschten einem Lied, das Lore schluchzte und Silvester begleitete. Vöglein umzwitscherten den Frieden, die schöne Ruhe. Nur in einer Ecke

Nur in einer Ecke hockten drei gefangene Gerichtsvollzieher . . .

hockten drei gefangene Gerichtsvollzieher, bohrten Nase, spielten Domino und pfiffen ganz, ganz leise: Wir Gerichtsvollzieher fürchten Gott, sonst aber nichts auf der Welt. Ein Reh kam heran. Aber als es die nichtsfürchtenden drei Herren sah, stob es davon.

„Schad", sagte der eine, „daß ich nicht die ganze Räuberbande auf die Popolizei führen kann, aber es geht nicht gut." „Nein", sagte der andere mit einem göttlichen Unteroffizierschnurrbart, „es geht jetzt momentan wirklich nicht gut, aber Gott verläßt einen tapfern Gerichtsvollzieher nicht!"

„Wollen wir nicht ein bißchen die drei Trottel da hinten durchprügeln?" donnerte Kribskraps und befahl seinem Spezel weiterzufluchen während er sich ein Eisbein hole.

„Nein", sprach Lazarus Spiritus, „überhaupt wenn ihr künftig wieder Besuch aus dem zoologischen Garten mitbringt, so führt ihn in den Stall."

„Ach was", krächzte Kribskraps mit erhobener Stimme, so daß die Nichtsfürchter erbleichten; „ich will mich mal bei den Lumpen bedanken und sie in die Hölle befördern."

„Da brauchst du sie bloß in ihr Amtsgezücht zurückschicken."

„Das will ich auch tun, es ist Zeit, daß sie verschwinden und meine Sonne wieder scheinen kann. Da können sie auch gleich wieder den vorsündflutlichen Schmutzredakteur vom „Leichenstall" mitnehmen, der Kerl ver-

Manchmal schwiegen sie und lauschten einem Lied, das Lore schluchzte und Silvester begleitete

pestet uns den ganzen Wald." Dann ging er ins Büro und diktierte einer Roten Kreuzschwester:

„Natterngezücht! seid begrüßt Senatoren Roms! WIR schicken Euch anbei aus Deiner Menagerie die drei Trottel und den Mistredakteur zurück. WIR haben wohl noch Platz für Säue, Läuse, aber nicht für Ihre verdorbenen Waren. Ihre humoristischen Zeilen habe ICH der edle Räuber Kribskraps erhalten, worin Du MICH zum Tod verurteilst. Ich habe direkt einen Lachkrampf bekommen. Im übrigen hast Du MIR, Natterngezücht bloß zu schreiben, wenn ich Dich was frag, Du wanziges Amtsgezücht. Den Hintern hau ich Dir schon noch voll, aber dann laß ich Dich wieder laufen, denn mein Herrgott will, daß es Saublöde auch gibt. Gegeben im grünen Wald von UNS Kribskraps."

„Kinder", rief einer, „seid's stad, da Kribsikrapsi muaß sein Namm unterschreibn. Nä, dem Herrn Gott bin ich nichts schuldig, im Gegenteil."

„Nun muß ich aber", sprach Hokuspokus, „an die Arbeit gehn, ich wär ja sonst der einzige Mensch im Königreich, der nichts arbeitet." Dann lud er sich auf ein Lastauto Kisten voll Gold, Würste, Kleider und fuhr damit in die Spitäler, Armen- und Waisenhäuser.

„Der hat wieder seine edlen Anregungen", lächelte Lazarus Spiritus „wie andre's Bauchgrimmen. Na, die einen verludern, weil sie arbeiten, die andern, weil sie keine Arbeit haben. Also, Madame Arbeit, ich verachte sie so oder so."

Wir haben wohl noch Platz für Säue, Läuse, aber nicht für verdorbene Waren

„Ach“, sagte Meingehörts, „es gibt mehr falsche Menschen als falsches Geld. Die Welt ist immer anders, als wir sie sehn, wie wir uns sie gedacht. Und wenn ich nicht selbst viel von mir halte, die andern tun's sowieso nicht. Das Leben ist ein Irrtum; aber, reicht mir mal diese Hammelkeule rüber.“

„Und ich“, schnarchte Pfaffenärger, „muß mich besaufen, damit ich auch wieder mal ein vernünftiges Wort singen kann. Ach, wenn ich nur auch einen Titel hätt, dann wär ich doch immer vernünftig!“

„Was, ein Titel fehlt Dir?“ sprach Lazarus Spiritus. „Gut, das haben wir gleich erledigt, ich schlage dich einfach zum damischen Ritter, und von dieser Stunde an bist du Edelmann, und ich krieg dafür, weil ich dich zum Grafen gemacht, den Schlüssel zum Ölsardinenkeller.“ –

Aber drinnen erzählte währenddem Silvester seiner kleinen Lore von all den vielen bittern Stunden und dem Stündlein Sonne.

„Ich habe gar wenig Blumen gefunden in meinem Leben. Ein Tag rennt dem andern nach. Das Leben ist ein Traum, nicht wert, daß man sich plagt und martert, ihn fortzuträumen. Du suchst Trost, den du nie finden wirst.“

„Aber du hast ja jetzt mich“, schluchzte Lore. Ihre Himbeerlippen dufteten. „Ich hab dich so lieb, so wahnsinnig lieb, freut's dich denn nicht; ich möcht sterben für dich!“

„Ich darf dem Heute ja nichts mehr glauben, es wird ein Gestern daraus. O ihr Wolken des Himmels, die ihr euch ausregnen dürft. Meine Wolken dürfen nicht weinen.

Eine unsägliche Traurigkeit hindert mich, das Schöne zu fassen. Als ob man noch ein Kind wär, das zu weinen anfängt, weil es Mond und Sterne nicht langen kann. Vielleicht ist es töricht und fast komme ich mir vor wie der Narr, der traurig ward, als er den Berg erstieg, denn droben müsse er wieder hinunter.

Man wird allein unter Schmerzen geboren, man stirbt allein, warum sollte das, was dazwischen liegt, mehr sein als Einsamkeit. So hab ich meine Kindheit, meine Jugend lieber bei Büchern verträumt. Zu was nach Menschen suchen? Am Schlusse sehn wir immer ein, daß sie alles, bloß keine Menschen waren. Da erschüttert uns eine kranke Frau, ein bleicher hungernder Mann, eine Zeitungsnotiz, da rührt uns ein weinendes Mädchen – wen schert es, beim Abendbrot haben wir's vergessen. Wo bist du Gott? Ich würde ganz gerne an dich glauben, aber ich hätt dann doch eines mit dem Pack gemein. Siehst du nicht die zerquälten Antlitze in den Straßen, auf den Bahnhöfen, in den Kirchen und Schenken und Gerichtssälen? Siehst du, o Gott, nicht all die von der andern Dummheit, Gier, Neid, Stolz Gepeinigten? Schufst Du die Menschen nur, auf daß sie sich martern, töten, daß sie verbluten in Ängsten und Sehnsüchten? Immer strafst, verfolgst du die Besseren und die Schlechten mästest du. Der dir fürs Brot danken würde, dem versagst du's und dem, der nie deiner denkt, gibst du alles, was er wünscht. Und doch, zu was diese Klagen! Du schickst deshalb doch keinem der Verlaßnen, Verlornen, Heimatlosen einen lieben

„Aber du hast ja jetzt mich", schluchzte Lore.

Abendbrief, einen sanften Vorfrühlingswind oder Schlaf und Ruhe und Vergessen. Wir haben kein Vaterland. Immer schleppen wir wie einen Bettelsack die arme Waise, unsre Seele mit . . . –"

Die Minister und Staatsanwälte

Die Minister jodelten bei Mandolinenbegleitung im Tintenpowidlarmreichtagnachtsaal.

„Ja. Da geht's mir so wie manchem andren Esel auch", meckte der Minister Tschindagaga Baron von Jammerfigur, „meine Vorzüge sind mir selber alle sehr bekannt, aber erst muß ich die Wetterprognose anschaun. Aha, stimmt glänzend wie immer: wenn das Wetter nicht sauschlecht, ist es nicht ohne, und wenn's nicht ohne, ist's schön; wenn's nicht schön ist, ist's prachtvoll."

„Wo ist denn Hendipipi?" sprach Trottelhold Fips Freiherr von Admiralshundbonbon, mit Ärmchen, dünn wie Kieler Sprotten; ein livrierter Diener mußte ihm gerade die Nase putzen.

„Ach, er spielt bloß im Mausipopsizimmer ein bißchen Lieber Gott und läßt sich von den Erzengeln Flohlöwe und Fliegenleim und Veilchendarm beweihräuchern."

Draußen hörte man das Schrein vom Portier: „Nur hereinspaziert, meine Herrschaften, immer mal rin in die Bude. Da kannste für eenen Groschen die ganze Welt

ein livrierter Diener mußte ihm gerade die Nase putzen

sehn. Es ist ja doch die ganze Welt nicht mehr wert als einen Groschen."

Der Hofnarr kam eben von seinem Gang zurück. Er suchte von Haus zu Haus nach stellenlosen Kommis, alten Weiblein, und überall griff er tief in sein Fortunatisäckel und ließ glückliche Gesichter zurück. Nachmittags ging er immer auf die Friedhöfe, und da tröstete er die armen Leute, die ihr Liebstes verloren. Gerade machte er den hohen Häusern den Vorschlag, einen Palast für Handwerksburschen, ein Lustschloß für alte Dienstboten und Zeitungsverkäuferinnen und ein Kloster für arme Dichter zu baun. Dann klebte er dem Justizminister und Bankier David Silberchristlaus ein Plakat um: Hier erlernt man gut und billig das Stehlen.

Alexander Markus Emanuel Mistkäfer, der Kriegsminister, schnitt eben einen Bogen Soldaten aus; „ich will es an meinen Knöpfen zählen, was ich tun soll", dachte er. Dann ging er zum Finanz- und Eisenbahnminister Meier: „Können Sie mir nicht sagen, verehrter Herr Kollege Meier, ob ich jetzt schon verrückt bin oder ob ich's erst werde? Sie müssen es wissen, Sie haben ja auch, wie wir alle, ein paar Tausend Kilometer Blödheit gepachtet."

Der aber sagte: „Mein liebstes Kollegerl, lassen Sie mich erst ein bisserl Neuigkeiten hausieren gehn, dann muß ich ein paar Messen für meinen Herrn Sohn, der Papst ist, lesen lassen. Und wie wär's, wenn wir den lieben Gott engagierten, nicht lange, was täten wir lange mit solchem Gelichter, aber vielleicht zu einer achttägigen Film- und

Nachmittags ging er immer auf die Friedhöfe, und da tröstete er die armen Leute, die ihr Liebstes verloren

Vortragstournee. Und dann muß ich mir noch einen Zwicker kaufen, weil ich damit viel schöner bin."

In der Ecke, auf einer Bügeldecke, hockten vor einem Haufen Heu der Friderikus Hinterfotzingerlali Josephus Rinozerus und die mittellinksoberste Ministerin, Excellenz von Streuselmeißelkreiselpreißelbeerkuchen. Sie streichelte gerade den Ministerpräsidenten und flötete: „Aber bist du ein schönes Bubi, ein braves." Die Minister Affenschmalz und Käskuchen Graf von Kuhwedel fanden plötzlich, daß sie intime Verwandte seien, und waren ob dieser glücklichen Entdeckung unendlich entzückt.

„Heiraten, ach was! Blöd sein", sagte der vierhundertachtundneunzigste Minister; „das ist ja ganz schön, einen Trampel haben, den man Tag und Nacht so recht ärgern kann, aber ihr bloß deswegen Kuchen und Hüte kaufen, na mei Liaba!"

„Ihnen", schrie der berühmte Minister, welcher der Verfasser der unsterblichen Bücher: ‚Um eine Grafenkrone' und ‚Rote Rosen' war, „bin ich ja auch noch ein Pakl Tabak und zwei Speckwürste schuldig." „Äh, äh", sagte der sehr von oben herab „doas macht nix, äs is mär eine Ärre, ein Vergnüjen, kolossal."

„Nein", sprach der Narr, „ich schäme mich für die ganze Menschheit, ich will mich da her setzen und verhungern. Oder soll ich erst noch ein Heiliger werden, damit ich das auch gewesen bin? Als wenn da was dabei wär, sein Leben lang auf einem Fuß auf einer Säule stehn, in der Wüste leben und sich dann kreuzigen lassen." Plötzlich

Die Minister Affenschmalz und Käskuchen Graf von Kuhwedel fanden plötzlich, daß sie intime Verwandte seien . . .

fiel ihm ein, daß seine Dorothee heute Speckknödel mache und überhaupt, das Leben, das große Zahnweh ist ja so kurz, man kann ja doch nichts aus ihm machen. –

In der Justizerdäpfeldeppdiele hockten einsam die berühmten Staatsanwälte Unteramtsrichterzüchterober Freimadl Eugen Helmut Paragraf von Mäkmek zu Gekgek und Kegelkugelkogelquagel Eusebius Bockwatschentoni Baron von Pfeifendeckel. Von den Wänden troff Tinte. Viele Opferstöcke befanden sich in den geweihten Hallen. Die eine der Majestäten unterzeichnete gerade, Pfefferminzstangen schnullend, Scheiterhaufenurteile. Dabei las Eugen zu gleicher Zeit das liebliche Büchlein: Trotzkopfs Brautzeit, welches er vom Nachttisch seiner fürstlichen, huldvollen Gemahlin Pilonia konfisziert. Der andere stand am Fenster und schrieb seinen Künstlernamen Esel in eine Lache Tinte.

„Ich hab einen Durst heut, drei Dürste könnt man daraus machen." Dann soff er zwei Liter Kaisertinte. „Schad um den schönen Durst", sagte er, „früher gelt, haben wir ihn mit Bier und Wein gelöscht, aber unsre kulimulilazipazische Pflicht, unsre diamantene, echt brillantene, brillantinische, blecherne Pflicht!"

„Es geht uns zwar nichts an", schmatzte Helmut, „aber gerade weil's uns nichts angeht, stecken wir unsre bekümmerte, bekümmelte, schöne Nase hinein. Ach was, das paßt uns nicht, käm da einer daher, der tausendmal klüger ist als wir alle. Tja, wird einfach für unzurechnungsfähig erklärt."

In der Justizäpfeldeppdiele hockten einsam die berühmten Staatsanwälte . . .

„Au“, schrie der eintretende Konprinzderwisch und Kochsultan Herr Kuttelfleckborax von Fragezeichen. Ja, so geht’s, wenn man immer in den Himmel guckt, da sieht man dann nicht die Eisernen Jungfraun und übrigen zahllosen Folterwerkzeuge.

Er brachte Egon aus Ehrung, weil er nun endlich den Raubmörder, Vaterlandsverräter, Hochverräter, Kaffeesiederssohn und Spartakisten und Kommunisten und Christen Silvester erwischt, die Ernennung zum Hofunterhosenbandeloberträger.

Dabei überreichte er die Geschenke der kulimulilazipaziburgerischen Volksadelspartei, der kulimulilazipazifikischen Weltoberuntermittelstandspartei, des kulimulililalazipazilinischen Horizontblondmondfrontkriegerbundes, des Kulimulikomitees zur Erbauung eines marmornen eintausendzwölfhundertdreiunddreißigsten Bratspießes.

Es war der lilane Fleckerlunterrock der Frau Professor und Zolloberkulturkultusmedidizinnalschalfahlbaalaalmalqualwahlzahlsgattin Hupferlhuber. Darauf stand mit Silberbuchstaben: Eigner Herd ist Goldes wert. Und rückwärts: Dem Retter, Vetter, Wetter, Bretter und Götterliebling des Vaterlandes in ewigem Andenken.

Ferner einen mit Sozialistenhaut bezogenen Maler- und Sonnenschirm und ein in Kommunistenhaut gebundenes fein illustriertes Album: Mamas Lieblinge.

Der Staatsanwalt war über diese neue Ernennung so erfreut, daß er am liebsten die ganze Welt eingesperrt hätte. „Ja“, sagte er, „da müssen wir nun ganz andre Ansprüche an den lieben Gott machen.“

„Gott? Gott??“ flötete Pfeifendeckel, „Fräulein, sehn Sie mal nach, ob sich der Vagabund überhaupt polizeilich angemeldet. Überhaupt Herr Kolläge Mäkmek“, und er kniete andächtig nieder, „Sie gestatten doch, daß ich Sie bloß ein bißchen anbete.“

„Führen Sie den Sträfling Nummer Viermilliarden sechsbillitrillimillionendreihundertneun vor“, befahl Unteramstsrichterzüchterober Freimadl Eugen, „und Sie Oberfräulein Unterrichter Ludmilla Luzia Adolina, ach was, bringen Sie einfach den ganzen Schrank da drüben; machen wir es kurz, die Justiz erledigt dann alles auf einmal, die ganzen Verbrechen hat einfach die Billitrillimillinummer getan zu haben; nur schnell, ich krieg ja heute Rindsbraten mit Spätzle. Also flott, bringen Sie den Schweinehund, der die heiligen Güter unsrer heuligen Nazion verletzt, der die hochselige Ehre unsrer hehren Muttererde verachtet. Und Sie, verehrter Herr Kollege, schmieren mal gleich die Eiserne Jungfrau. Unsre Geschworenen werden über diesen schamlosen Verbrecher die Wahrheit sprechen.“

Das war nun freilich der Fall. Denn, an die Wand waren zwanzig Geschworene gemalt. Auf das Maul hatte ihnen der berühmte Maler Zettel gehängt. Drauf stand: JA, SCHULDIG. –

Eben schreibt mir Lore, wo ich mit Müh und Not andächtig an meinem Federhalter kaue, weil mir fast

An die Wände waren zwanzig Geschworene gemalt

schon nichts mehr einfällt: sie hätte gerad drei Generalkommiskaminfegerlehrlingspräsidenten vor der Akropolis versetzt, und ich solle mich ja nicht unterstehen und ihren Silvester durch die Kulimulilazis unsanft behandeln lassen.

Tja, das steht nicht in meiner Macht, da kann ich gar nichts machen, ich leiste, was ich leisten kann mit meiner Schuhleistenfabrik, aber dem Schicksal muß ich seinen Lauf lassen, ich muß –

Was? ein Schmarrn? na, ich sag Euch, liebe Publikümmer, seid mir nur dann für das dankbar, was ich aus Erbarmen, aus purem Mitleid mit Euch für mich behielt. – –

Im Zuchthaus

Im Zuchthaus herrschte Ordnung. Natürlich dafür war es ja ein Zuchthaus. Man hörte bloß das Knacken der Revolver und die Flüche der Wärter. Und vielleicht das rastlose Auf und Ab eines nach der Sonne, nach grünen Feldern Verzweifelnden.

Weh der Vögel, die im Käfig sterben, der abgepflückten, fortgeworfnen Blumen! Ihr da draußen wißt ja nicht, was es heißt, an den Kleidern noch den Duft von Regen und Straßen, den Mantel feucht vom Morgentau der Wiesen.

Ach, stündlich glaubst du nicht länger leben zu können. Und immer wieder kommt der schwarze Morgen und peinigt dich. Du denkst an ein junges, blondes Weib,

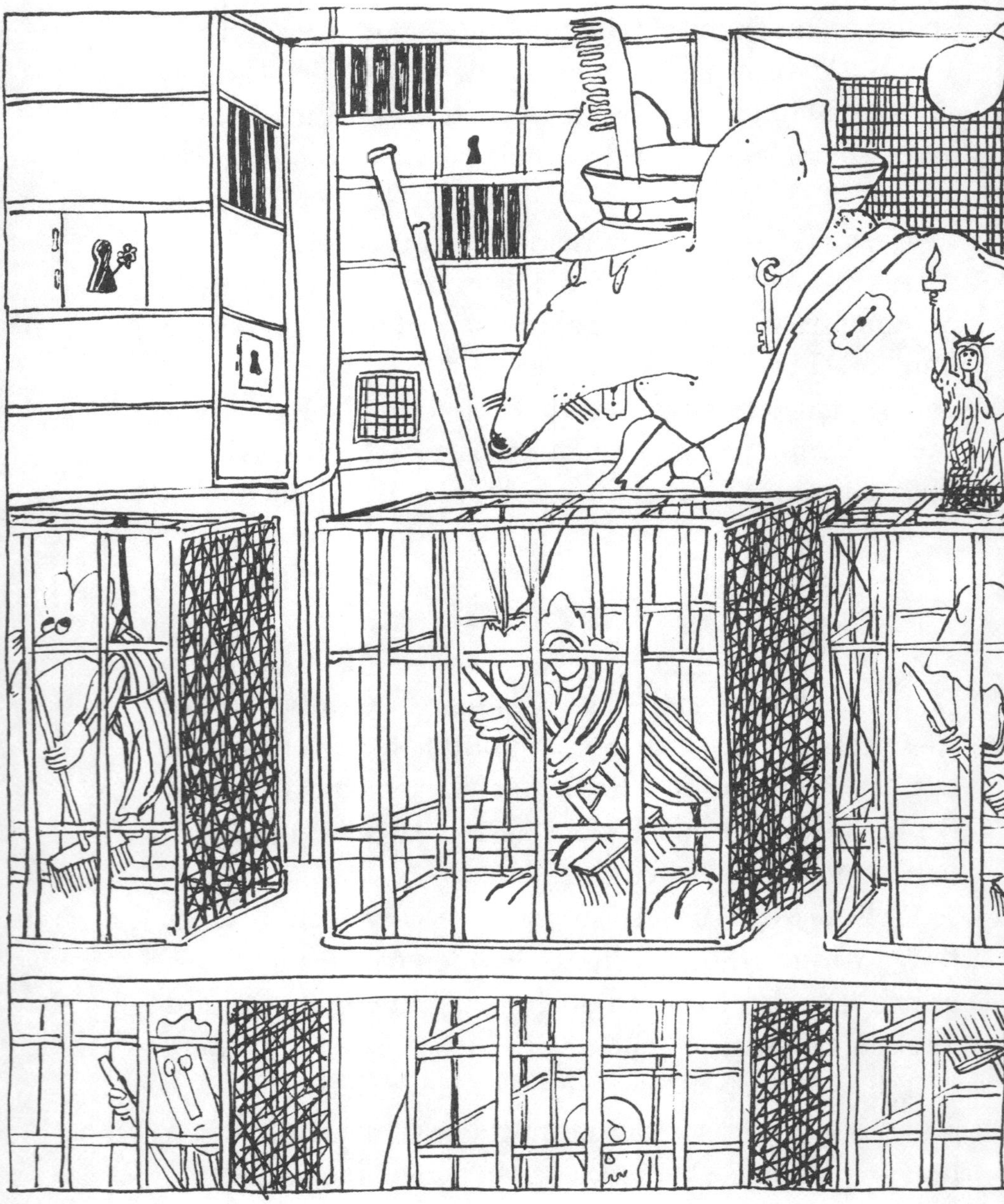

Im Zuchthaus herrschte Ordnung

das aus deinen Armen geschlüpft und nun sich die Haare wieder ordnet, an ein liebes Wort, das einst in einem lieben, süßen Kleinmädelbrief gestanden. Ihre Wangen waren kühl wie ein Rosenblatt. Wo wird sie sein? Ach, sie wird lustig sein und mit andern lachen, scherzen. Pfingsten war's! Und der Duft von jungen Fraun strich durch den Park. Die Grillen zirpten ... ein Mädchen, das süß in ihrer Kammer schlummert. O kühle Sommernacht. Am Fenster blühn die Tulpen. Durchs Laub glitzern Mond und Glühwürmchen. Die Linden rauschen ... Ach, die Trümmer deiner Altäre, du bist verlorn fürs Leben; wenn du doch tot wärst!

Ja, ihr draußen, aus eurer Jugend wird wohl bittres Alter, die Freude sinkt zu Leid, aber eure Wünsche bleiben Wünsche! Aber denen hinter den Mauern starb längst das Wünschen. Die haben selten noch Hoffnungen. –

Oft schleiften die Wärter Tote aus den Zellen und warfen sie in bereitstehende, automatische Vorrichtungen. Die beförderten sie genial in Waggons. Dann wurde Leim daraus gesotten, der gehörte zu den wichtigsten Lebensmittelartikeln im Königreich, denn es ging täglich gar viel in die Brüche.

Eine große Menge verhungerte. Die andern wurden von den Wärtern erschlagen oder erschossen oder zu Tode gegeißelt. Ja, es galt eben, den kraftstrotzenden Staat zu gesunden, zu befrein von diesen unsaubern Elementen, na ihr wißt schon von welchen. –

Silvester ersehnte sein Ende. Die Aufseher schikanierten ihn furchtbar. Morgen früh sechs sollte er erschossen werden.

Wißt Ihr die Gefühle des Verurteilten, der die Stunden, die er noch zu leben, an den Fingern abzählen kann?

Ja, vielleicht war es doch eine Torheit gewesen. Wenn sich Gott nicht mehr sorgt um die Bedrückten, dann hätte auch er die Hände müßig in den Schoß legen sollen. Wenn Gott die Menschen verkümmern läßt, dann konnte auch er das Rad des Unglücks nicht hemmen …

O Lore, du kleiner blauer Vogel . . . Schwester des Monds, du Braut des Frühlingswinds. Rosen zierten dich, nein du ziertest sie.

Er dachte an die letzten Stunden mit ihr.

In der alten Kutsche mit den molligen Kissen, der Regen plätscherte vom Fenster nieder. Durch dämmernde Alleen jauchzten die Orgeln unsres Herzens. O Schwärmerei; verlornes Glück, da sagten wir das meiste, als wir schwiegen.

Der Mond streute dir silberne Veilchen. Du hörst die Knospen springen. Du warst der Lenz, der in mein Wintern kam, so lau, so lind … man denkt schon an schwüle, duftige Julinächte … es muß ein Sonntag sein. Die Nacht hat Tau geweint, weil du so schön bist. Der silberne Tag fiel in die goldne Dämmerung . . . Vorfrühlingsterrassen und dunkler Wein bei sanfter Gitarre und aus purpurnen Lauben das Lachen schöner Fraun.

Da wir noch an Sterne, Liebe, Freundschaft, Glück und andere Worte glaubten. Und schneit doch über alle und

Silvester ersehnte sein Ende

alles das donnernde VORBEI. Weh uns, die wir immer dumme Kinder bleiben! Keine Mutter, kein Vater rettet uns mehr. Gott ist schlafen gegangen. Der Himmel ist kein blauer See mehr, drin die Sonne schwimmt. Dein Herz wird zu Tränen, wie sie die ältesten Greise weinen.

Wenn ich doch noch schlafen könnt! Einmal noch träumen. Ach, es müßten ja keine schönen Träume sein mit Morgenalleen, Reitern, Sonne und frohen Häusern. Wenn nur Sturm und tobendes Schicksal darin.

Nein, es blieb nichts! Es wär besser, die kleinen Sterne wärn nicht gekommen, denn die Erinnerung reißt immer wieder roh und unbarmherzig an diesen schlecht vernarbten Wunden. Ach nicht daran denken. Bald bist du ganz still, du blutendes Herz! O einmal wieder steigt herauf ihr leisen Tage der Knabenzeit, im Park unter den uralten Bäumen. Es war doch eine andre Einsamkeit in den schönen Zimmern des kleinen Schlosses: Die schweren Schränke mit den Büchern und alten Dingen. Die Bilder der Ahnen ...

Und draußen der Duft von Flieder und Jasmin und Rosen. Der wilde Wein hing in die Fenster herein. Und die liebe mütterliche Stimme der alten Kindermagd.

Zu was lebte man? weil das Leben eine Gnade ist ??

Nun kommen bald keine Wünsche mehr ... müde bin ich, geh zur Ruh ...

Er fühlte ein Lindes, Vergeßnes neben sich. Irgendwo schlug eine Uhr. Die letzten Vögel trillerten. Eine Maus lief zum Fenster rein. –

Vorfrühlingsdüfte trieften in die zweitausendeinhundertsiebenundneunzigste Massenzelle. Der Madizinnaalrat Pitschipatschedatschehätschepätsche hatte zwar selbstverständlich drei Tote für glänzend gesund, arbeitsfähig und fähig zum Abschlachten erklärt. Tja, der Arzt war tüchtig; er war auch derselbe, der den seligen Dotschenpepperl, oder hieß er Lotschensepperl – ich hab an andres zu denken, als auf mein Räubermärchen obacht zu geben – einbalsamiert, auf daß es eine schöne, feine Mumie gäbe.

Manche Leute im Königreich behaupteten, er sei schon lang eine Mumie gewesen und – noch was dazu.

Aber Ihr wißt ja selbst am besten, was Ihr, pardon, was die bösen Leute alles sagen.

Obwohl es lauter gefährliche Subjekte waren, es gab Leute darunter, die ihre zweihundertsechzig bis dreihundertachtzig Jahr Zuchthaus besaßen, ließ man den Herrgott einen guten Mann sein. Einer hatte in seiner Verworfenheit eine Haarnadel, der eine Papierschnur, eine leere Düte gekripst. Und erst die verrufenen politischen Schwerverbrecher, die sich in Gegenwart von den heiligen Mopseln der Ministersgattinnen ihre Zigarrn anzündeten, die Bürgerlichen Gesetzbücher nicht in der Hosentasche trugen und vorwärts und von rückwärts auswendig konnten, jene schamlosen Verbrecher, die vor den Löwenbriefkästen nicht niederknieten, nicht auf naziohschaale Schutz- und Trutz- und Schmutzblättchen abonniert waren, auf ihren Kleidern, Hüten, Bleistiften, Mai-

Tja, der Arzt war tüchtig

käferhäusern, Visitenkartentäschchen, Sicherheitsnadeln, Ruhekissen, Taschentüchern, Wandschonern und Radiergummis nicht die Bildnisse vom Popolizeipräsidenten und Staatskommissionär trugen.

Ein andrer hatte sogar dem verstorbenen heiligen Milinisterbrezelstempen Lotschensepperl ein von ihm weggeworfnes Brausebadbillet gestohlen. Natürlich mußte er zum Tode verurteilt werden. Seine Majestät Ignatius Dünnbier, der Wärter aller Wärter, hatte aber, da er „serr späziöl" mit dem Verbrecher, sie drehten früher manches Ding mitsammen, einem andern diese letzte Überraschung beschieden.

„Undank ist der Welt Lohn", sprach einer, „sonst müßten mir doch alle Leute dankbar sein, bei denen ich nicht einbrach."

„Himmel Hergott, kein Teufel kümmert sich um mich und ich bin doch die Hauptperson, ich erhalte ja die ganzen Gezüchte", sagte ein Dieb.

„Überhaupt, du brauchst mir bloß eine monatliche Rente von tausend Talern geben und ich bin der anständigste Mensch auf der Welt. Du kannst dir gar keinen netteren vorstellen."

„Ach, unser Zuchthäuserl ist ja so das reinste Mädchenpensionat. Und da brauchst du bloß drei Stunden, um eine Kartoffel aus der Gänseweinsuppe zu fischen, während ein glücklicher Finder in der Familienpension zu Lilienruh vierzehn Tage dazu nötig hat."

Nebenan erschlug eben ein Aufseher wieder, um nicht

aus der Übung zu kommen und sich warm zu halten, ein paar jugendliche Verbrecherinnen. –

Die Reliquienfabrik

Draußen vor der Stadt gab es unterdessen erbitterte Kämpfe. Die Heere und Truppen und Regimenter und Pfadfinder und Realschüler und Gebirgstrachtenerhaltungsvereine und Veteranenbündler und Eisstockschießer und Tarockler und Gesellenvereine und Frauenturnriegenleutnants und Gesangsvereine und Vereinigungen der Spiritisten, Drogisten, Photografisten, Dentistinnen, Kornkaffeekisten, Popolizisten, Expressionisten, Egoisten, Pazifisten, Philosophen, Kammerzofen, Kochofen, Theosophen, Alkoven, Anthropoposophen und andern Heldensöhnen der Kulimulilazipazier: also um es kurz zu sagen, der ganze kulimulilazipazische Kulturschwindel stand den unzivilisierten Horden Meingehörts', Kribskrapsens, Spiritussens, Hokuspokussens, Pfaffenärgers gegenüber.

Aber was kümmert uns dies, wo die berühmten neuesten amerikanischen Börsen- und Welt- und Geld-Margarinenachrichten von unzähligen Siegen wimmeln. Und auf so ein Blatt ist zu traun. Der hat auf festen Grund gebaut. Margarineblätter in keiner Not, gehn tausend auf ein Lot. Mit einem Hieb fällt man keine Eichenmargarinsacharinnachrichten. Die Margarine-

Draußen vor der Stadt gab es unterdessen erbitterte Kämpfe

blätter sind nicht an einem Tage gebaut und verhaut worden. –

Lore ging es sehr schlecht. Man hatte sie natürlich in's Kloster „zum sanften göttlichen Cherubim" gesteckt. Es duftete nach Wachs, Blumen, Spezerein, Äpfeln, Honig.

Ach diese trügerischen heimatlichen Altenhäuser-gerüche!

Aber die Oberin war ein Furie. Das heißt für die Männer nicht. Die hießen sie bloß Engel oder Schnuki oder Salome. Auch Klorinde, die süße Pförtnerin, und Faridun, die Oberdoktorprofessorsbutternockerlnonne, und Yvonne, die Medizinalratsglasscherbennonne, und Evelyn, die gesulzte Schweinsohrennonne, und Pepromene, die Weinstritzelundpuddingmitaraksaucenonne, quälten Lore bis aufs Blut.

Die vergaß fast, daß sie in der Reliquienfabrik des „göttlichen Cherubim" arbeiten mußte. Ihre schönen, tiefen, tränenvollen Augen blickten fremd und fern ...

Armer Silvester! Du meine Erinnerung! Du, ich liebe dich, liebe dich heiß, lieb dich wahnsinnig. Ich werde dich ewig lieben. Ohne dich will ich sterben. Ach, könnt ich ein letztesmal deine Hände in die meinen nehmen und sie küssen. Mein Gott bist du! Mein ganzes Leben war schöner und so süß und wie im Traum geworden. Ich werd dich nie vergessen. Lieb hab ich nur dich, nur dich allein. Und immer und überall muß ich deiner denken, alles erinnert mich ja an dich, an dich Einzigen. Und kein letztes Lebewohl darf ich dir sagen. Deinen Namen auf

Die Männer hießen sie bloß Engel oder Schnuki oder Salome

den Lippen, will ich sterben. Ach die wilde, wilde Sehnsucht. Denkst du noch an die kleine Törin? O Schwärmerei! Hab ich dir doch nie unrecht, nicht weh getan? Liebster, wer weiß, glaubst du mir nicht, daß ich dich noch immer sehr lieb habe. Ach, nun hab ich niemand mehr, dem ich meinen Kummer anvertraun kann. Ich bin sehr unglücklich und hab keine Seel, die mich trösten könnt. Was soll dies Leid! Das Leben hätte für uns so wunderschön seien könn. Ich hab dich so gern, so gern. Und muß nun ewig traurig sein, weil ich nie mehr um dich wissen darf. Ich bin nun wieder eine Bettlerin auf einer verlassenen Landstraße; der kleine Stern ist nimmer da.

Wo sind die Stunden und kommen sie nimmermehr? Ach, du warst viel zu gut für mich. Mein Herz war so übermütig vor Glück; die ganze Welt konnt ich umarmen. All meine Seele ist bei dir. O Fieber! Einem unschuldigen Sternlein schaff ich einen heißen, ewigen Kuß für dich an. Liebster, ich hab dich ja so lieb. Ach wie furchtbar, von dir getrennt sein, aber vergessen werd ich dich nie. Mein Herz ist zerstört. Ich denk immer, immer an dich. O Zauberei! Mir fallen schon die Augen zu. Du warst so lieb und gut. Schlaf wohl, schlaf wohl du Lieber ... Komm, küß mich ein letztesmal. Du, du, ich hab dich so lieb. Die ganze Nacht denk ich an dich ...

Die Reliquienfabrik war sehr leistungsfähig und vollkommen auf der Höhe. Dort wurden täglich so zirka zweihundert nahtlose Oberröcke Christi genäht, hundertzwanzig Dornenkronen angefertigt, die Jesu getra-

die Reliquienfabrik war sehr leistungsfähig und vollkommen auf der Höhe gen, dreihundert Veronikaschweißtücher! Ja, alles gab's da, und das will was sagen, natürlich im Original. Sogar genau die Lebzelten, Pfannkuchen, Hackbraten, Leberwürstl, Beefsteaks mit Sardellen, ungarischen Schnitzeln, Erdbeerkuchen, Baum- und Käskuchen, Haselnuß- und Punschtorten und Guglhupf, die der heilige Joseph und die übrigen Heiligen verzehrt, wurden hier hergestellt und in Gold und Glas gesetzt.

Da könnt ihr so recht sehen, was die Kirche für ihre weidenden Schafe tut. Nur ganz verkommne, rohe, entmenschte Kreaturen wie die Lore können zu solch heiligem Tun Schwindel sagen. Sie sollte deshalb auch morgen lebendig eingemauert werden. Auch war sie zu dem ehrwürdigen, hochwürdigsten, allerheiligsten Herrn Erzbischof Aloisius, der süße Sündenvergeber, gar nicht nett. Und der liebe, alte Herr war doch immer so lustig, hob jodelnd seinen fliegenden Frack und sang: Ist denn kein Stuhl da, für meine Hulda, oder Mei Huat der hoat drei Löcha, oder Ich bin's a lustiga, junga Wüldschitz, oder Erlaub mir schöne Sendarin zu sein heint Nacht bei dir, oder I thua was i wüll und i thua was mi gfreit – und andre schöne Sachen.

In der Ecke hockte der Pfarrer Pius XXXVII, genannt der dicke Jakob. Er hatte einen Rosenkranz aus Marzipan in den geweihten Händen. Wenn er nicht aß, betete er Schnadahüpfl oder streichelte ab und zu aus purer christlicher Nächstenliebe die frommen Nonnen Laura, Doris, Kamilla, Susanne und die Struwelpeterlotte.

Warum liebte sie die huldvollen Bischöfe und Pfarrer nicht.

Tja, wo soll denn sonst Liebe sein, wenn nicht im „Sanften göttlichen Cherubim“. Deshalb geschah eigentlich Lore ganz recht. Warum liebte sie die huldvollen Bischöfe und Pfarrer nicht. Was verschenkte sie ihre windige liebe Liebe nicht für ihr Seelenheil.

Arme Lore! eine weiße Kirschblüte verstreut dich der Wind, der böse schlimme Wind. Tränen der Verzweiflung flossen über ihre vergrämten Wangen. Plötzlich kam was rauschend durch die Luft geflogen und durchs Fenstergitter herein fiel zu ihren Füßen ein mit dem neuen glänzenden Grafenwappen Pfaffenärgers geschmücktes, unzähligemal gesiegeltes Pergament. Sie sah eben noch den König davonfliegen. Auf seinem ausgespannten Regenschirm war eine Kaffeemühle gemalt. Und im Zettel stand:

Seid getrost Königin, elfenbeinerner Turm, fromme Pilgerschar, wunderbarer Adler, Du blühender Oelbaum, Du Diamant der Tugenden, Du Beschützerin in der schrecklichen Pest, Du schmerzhafte Mutter, sei getrost! Es gibt ein Wiedersehen! memommento mohrübeno! Salve! Salami! –

Die Entscheidung

Die Kulimulilazipazier-Weiber, verzeiht Hofratsdamen konnten nicht schlafen. Alles Männliche, heißt, was sich Mann nannte, nahm die zweiundvierzig Zentimeter Hausmörser auf den Buckel und eilte zum

Stadttor hinaus. Viele der Minister nahmen ihren Zeppelin aus dem Rucksack und ratterten durch die Luft. Dann ließen sie die Scheinwerfer ihres Geistes leuchten, tanzen, strahlen.

Es war ein heißes, blutiges Ringen, es war ein Weltkrieg, sag ich euch, wie ihn der Mond noch nie sah. Es war der Kampf der heiligen kulizischen Ordnung, des mulizianischen Rechts, des geordneten pazilinischen Idiotenstaates mit den satanischen ungezügelten Mächten der Freiheit, der Ehrlichkeit, des Menschentums.

Die Kulimulis fielen zwar wie Fliegen, oder wie Kegelus, wie wir Griechen zu sagen belieben. Kribskraps und seine Legionen erbeuteten zwar alles, was die Heldensöhne und Professoren mit ins Krautfeld der Ehre nahmen. Aber das macht nix. Solang das weltberühmte Universumuniversitätschnapsblatt noch stündlich Siege, gute Siege, prächtige Siege (inklusive Bierkrüge), tausend Siege bringt und singt, solang haben die viehischen Affen des blauen Rittertiers nicht zu siegen, überhaupt nicht zu reden. Und wenn auch, mögen sie siegen, soviel sie wollen, über unsre Druckerschwärze siegen wir. Und solang wir noch Drucktrickdreckschwärze haben, solang gehört uns Europa, überhaupt die ganze Welt.

Doch was ist denn das? Das ist doch unerhört.

Jeder der in der Heimat gebliebenen Minister, Auf- und Abgeordneten, Mädchenturnlehrer, Feldmarschälle, Feldwebelpräsidenten und sonstigen Kriegslieferanten;

Viele der Minister nahmen ihren Zeppelin aus dem Rucksack und ratterten durch die Luft

alle Bäcker- und Metzger- und Konzertmeister; Limonadebe- und Schrift- und Weichensteller hielten gerade noch ein nasses Extrablatt in den Händen:

Sieg! kolossaler, noch nie dagewesner Extrariesensieg! Die ganzen Rebellen, Gott strafe sie und Wir auch, gefangen. Alles nur Erdenkliche durch unsre tapfersten aller tapfern Truppen erstürmt, d. h. gestohlen. Hurra! Hurra! Hurra! Die gesamte feindliche Macht vernichtet. Jeder Tritt ein Britt, jeder Stoß ein Franzos, jeder Schuß ein Ruß, jeder Bart ein Mark, jedes Geld ein Held; Hurra! Hurra! Sieg!! windet Jungfernkränze unsern braven schweren Jungen. Zwölftausend Züge feindliches Villengut unterwegs für die trauernden Gattinnen, Göttinnen. Hurra! Gott (Anmerkung der Redaktion: so viel wie WIR) hat gerichtet, gerechtet, gefechtet. Lasset uns zum Beten treten, der graue Ritter ging flöten, diese Kröten werden wir alle zertöten. Halleluja! Hoch! Hurra, Hurra!!

Und nun denkt Euch den Schrecken, allen Mulikulis fielen die Extrasiegesextrablätter, sie waren noch naß, aus den Händen und die Herzen in die Hose, den Damen natürlich in den Marktkorb.

Da kam ein wahnsinniges Tschindarada-Bumbum die Straße rauf. Posaunen schmetterten. Auf stolzen weißen Schimmeln ritten Meingehörts, Kribskraps, Lazarus Spiritus, Pfaffenärger und all die andern Edlen. Knaben streuten ihnen weiße und rote Blumen. Ha, wie lustig marschierten ihre treuen Gesellen. Da sah man so recht ihre gewaltige Macht.

Auf stolzen, weißen Schimmeln ritten Meingehörts, Kribskraps, Lazarus Spiritus, Pfaffenärger und all die anderen Edlen

Aber Freunde, die Gesichter der gefangenen Schmulikulis hättet Ihr sehen sollen. Wie eine Flasche Eau de Cologne, die in eine Heringstunke fällt oder ein Wiener Fiaker, den der euer Gnadn statt mit Talern mit Hosenknöpfen bezahlt. Das war ein sauberer Sieg. So sahn also die zwölftausend Extrazüge feindliches Villengut, auf das die trauernden Göttinnen schon Schulden gemacht, aus!

„Was fang ich nun mit meinen Siegesextrablättern an?" heulte ein kleiner Rektorsjunge.

Herolde verkündeten einen Aufruf Kribskrapsens, wonach alle Nullischnullis, die nicht binnen vierundzwanzig Stunden auf den Saturn auswandern, mit Stumpf und Stiel ausgerottet würden.

Die edlen Retter Lores und Silvesters und all der übrigen zahllosen Bedrückten, Verfolgten hatten im Rathaus ihren Sitz aufgeschlagen. Eben flog der König zum Fenster herein. Er war bereits in seinem Schloß gewesen und hatte sich auf seinem lieben, alten Herd Kaffee gekocht. Und nun wollte er für die gefangenen Minister bitten.

„Sind schon geköpft", sprach sehr majestätisch Lazarus Spiritus, „da liegt noch das Stroh, das herausfiel. Ich ließ sie mir nebst den üblichen Feldmarschällen gerad vors Fenster naushängen."

Ihr Hab und Gut, und sie hatten sehr viel, verteilte er unter die Armen. –

Die Nacht war grausig schön. Purpurn flammte der

Sieg! Kollosaler, noch nie dagewesener Extrariesensieg!

die Gesichter der gefangenen Schmulikulis hättet ihr sehen sollen

Himmel. Fackeln knisterten, Trommeln klirrten, die Musik spielte ihre prächtigsten Märsche, die befreiten Sklaven sangen fröhlich durch die Gassen. Kinder jubelten. Die Armen, Elenden, alle reichst beschenkt, weinten Tränen vor Seligkeit, die Glocken donnerten FREIHEIT und ERLÖSUNG, die Mädchen lachten Arm in Arm auf den alten Plätzen. Die Bäume, die Brunnen rauschten so seltsam, so mailich. Ein alter Invalide nahm sein verstaubtes Posthorn aus dem Kasten und blies: Ein Jäger aus Kurpfalz. Der Hofnarr lud eben alle Handwerksburschen und anderen Waisen in den königlichen Palast ein. Alte Mütterchen stellten ihre Kerzlein ans Fenster. Burschen stimmten ihre Lauten.

Nur ab und zu winselte darein das Gejammer der vielen, nun gänzlich blöde gewordenen kulimulinischen Volksredakteure.

Kribskraps bekam inzwischen ein Telegramm vom Herrn Saturn, daß er sich die Einwanderung der Mistpazischnullis verbitte, er bedanke sich für die Ehre, vielleicht sei am Nordpol Platz.

Mir wurschtig, dachte Kribskraps, dann heiz ich einfach damit die Ziegeleien und pflastere mit ihnen die Landstraßen.

Der Hofnarr und der weise Kasperl Larifari wurden natürlich Kaiser und Minister und Papst. Und sie regierten von den Altanen ihre Untertanen zu deren Wohlleben und Zufriedenheit. Und wenn sie nicht gestorben sind, leben sie heute noch.

Die Armen, Elenden, alle reichst beschenkt, weinten Tränen vor Seligkeit

Der Hofnarr und der weise Kasperl Larifari wurden natürlich Kaiser und Minister und Papst

Des Märchens Ende

Doch Kinder nun zum Teufel mit dem Räubermärchen. Mir fällt was andres ein, was Hübscheres. Ich will Euch von der glücklichsten Stunde meines Lebens sagen.

Auch so ein liebes, kleines Mädel wie die Lore. Linden und Maibäum und Schaukeln am Ufer ... im hohen Junigras. Drunten floß sanft der Rhein. Die Burgen grüßten wie gute alte Freunde. Im kleinen Kaffee ging mein Herz auf wie Mohn. Der alte Konditor nickte bei seinem Pfeiflein. Was kümmerte ihn Zeit und Ewigkeit. Auf dem alten Kasten klimperte ich all die süßen Lieder, die man jubelt, wenn man jung und glücklich ist und das Herz wie eine Knospe im April aufspringt ... das ist freilich lang, lang schon –

Was schon wieder Schwefel? nanu, dann sagt Euch einfach der dreiunddreißigste Baron aus dem Hause Dampfkessel Lebewohl.

Ja, Martha; na weil ich ein guter Kerl bin, wollen wir Magistrat und Ordinariat auch noch zu wissen geben, was uns vom Ende des schauerlichen Räubermärchens bekannt ist.

Die Sonne ging auf, lodernd, eine purpurne Garbe. Als die Uhren dies schöne Wetter sahn, gingen sie alle recht. Und übers Land brannte jene andre Sonne, die Freiheit, und von ihrem Licht taumelten tot die Mücken der

Finsternis. An ihrer Wärme platzten all die heuchlerischen glatten Präsidenten, Abgeordneten, Höflinge und sonstigen Staatshausknechte einer Gesellschaft, die, längst erledigt, verzweifelnd noch versucht hatte, aus ihren Lumpen ein neues Kleid zu flicken.

Das Volk jauchzte Lore und Silvester und Salomon zu.

Aber der alte König schüttelte sein weißes Haupt, nahm seine Kaffeemühle und seinen Grammophon und ging.

Und Silvester sprach: „Ja, laßt uns doch wieder in die Berge ziehn, wo keine Leute hausen. Denn die Menschen betrügen sich immer und immer müssen sie enttäuschen. Mit unsern Sehnsüchten behängen wir sie und glauben sie stets besser, edel und groß. Aber sie haben nur Launen; Gefühl und Tiefe findest du nur bei Kindern und Greisen. Die einen schaun alles durchs Vergrößerungsglas, die andern durchs Verkleinerungsglas. Und alle vergessen, daß man die Dinge durch beide sehen kann und dabei doch noch weit von der Wirklichkeit entfernt bleibt.

„Der sucht wieder seinen Zweck darin, in der Kammer seines Lebens Unordnung zu machen, und betrachtet es als Höchstes, Einziges, hierauf wieder aufzuräumen. So sind sie fast alle undankbar gegen das Gewesene, nennen heute Kitsch und beschimpfen, was ihnen gestern noch Gott war." –

Und dann zogen sie hinaus. Die Stadtkapelle gab ihnen das Geleite. Und alle Menschen waren betrübt, daß sie die

die Stadtkapelle gab ihnen das Geleit

lieben gütigen Herzen verloren.

„Wir wollen euch schon fleißig schreiben", sagte Lore, „und ich will gepreßte Veilchen und Himmelschlüssel und Gänseblümlein hineintun."

Durch betaute wogende Felder ging's. Die Kornblumen leuchteten, Lerchen schmetterten, die Amseln und Drosseln schluchzten. Der schöne, grüne Wald nahm sie in seine mütterlichen Arme.

„Ich will auch ab und zu im Varieté auftreten", brummte der König, „da bring ich euch dann viel Geld mit."

„Was brauchen wir Geld", zwitscherte Lore, „wir haben ja unsere Liebe!"

Der Kuckuck schlug immerzu, ohne Ruh . . . .

Arme Lore! Die Leute bedauern dich, du dummes Ding, als ob man sich mit Liebe ein Margarinebrot kaufen kann!

Ich aber, kleine Lore, wünsche dir Glück, mögen all deine verborgensten Wünsche sich erfüllen und keine Enttäuschung dein Leben verbittern.

Ich armer Xaver Dampfkessel hab freilich keinen Wunsch und auch keine Liebe. An meine Tür klopft kein Postbot. Ich bin sehr einsam. An mein Dachfenster blühn keine Blumen. Um mich rauschen die Fabriken und keine Vögel hör ich singen. Ich falte nicht die müden Hände, wenn die Sonne schlafen geht und steh nachts nimmer auf, um über einen erblühten Rosenstrauch zu weinen. Mir ist bang wie einem armen Kinde, das verlassen

Durch betaute wogende Felder ging's

in seinem Bettlein weint und im Hof drunten spielen und tollen die andern.

Ich bin ein armer Teufel. Meine Tage sind grau und trostlos. Ich habe nur Verzweiflungen und Ölberge gefunden, keine Sterne. Wenn in diesen eiskalten schwarzen Ungeheuerlichkeiten irgendwo ein barmherziger Gott, er hätte mir geholfen. Kein fraulicher Duft umschmeichelt mein leeres, elendes ICH.

Ich habe keinen Freund.

Immer älter werden, immer älter werden, ohne jung gewesen zu sein!

Ohne Blüten verdorren zu müssen!

Kein Frauenaug streift mich versonnt und märzlich. O Gott, ausruhn können, aber wohin flüchten? Betet kein armer Hase für mich, den ich einst vor den Hunden gerettet.

O, ich weiß um die bangen Schauer der Junggesellen um Weihnachten, an Sonntagen, im Sterbbett.

Und du, bist ja vielleicht auch ein armer Mensch und stapfst wild und matt und betrogen durch die große, harte Stadt; ein Lieb verließ dich, ein alter Freund ging wieder von dir, lehnst irr an den Berghängen, hast nicht mal Geld, um einem kleinen Mädel Kaffee und Kuchen zu kaufen. Dir primelt ja nie das zarte Gold einer Rückkehr. Keine atmet dir zu wie ferne Glocken oder das Klingeln kristallner Herbstgläser.

Von den Gesellenvereins- und Feuerwehrtafeln liest du Ausflüge, Übungen; ach es muß nicht ALLES GEDRUCKT sein. Du rennst durch verblichene Anlagen. Ein kleiner Junge stelzte und sang: O du lieber Augustin. Sein Schwesterlein spricht mit ihrer Puppe: kratz mich doch nicht Dickerchen. Dann fragt sie ihren großen Bruder: Freust du dich schon, wenn du stirbst.

Oder du liegst den ganzen Tag wie in einem Sarg in deinem schmutzigen Bett. Es ist ein trauriger, öder Samstag wieder. Draußen fällt ewiger Schnee. Dich friert. So häßlich, ach, dies Hinsterben. O Gott: all dein Schlechtes wird ja nur aus diesen trostlosen Verzweiflungen der Langweil geboren. Scheußlich, wie dies Stundenschlagen der Nachttürme deinen Schädel zerstampft.

Du hütest dich vor Erlebnissen, denn es scheint dir leichter, einer schönen Stunde zu entsagen, als dann vor Kummer und Sorge ob des Verlorenen lange, lange Zeit zu verbluten. Du weißt wohl, daß es töricht ist, dies ewige tränenlose Weinen. Aber es kann keiner aus seiner Haut heraus. Der ist stark wie ein gesunder Baum, und der andre siecht dahin und leidet am Leben. Freilich wär's weit besser, man könnte dahinleben, gleichgültig oder rücksichtslos zu dem, was einem der Alltag zuträgt, freut sich des blassen Glücks, ärgert sich dann und wann.

Immer siehst du nur die Schatten und wie unnütz und vergebens dies Leben. Und was hast du noch vor dir als Nebel und Unglücke.

Du hast nichts zu essen und keinen Pfennig mehr. Du kannst auch nicht auf die Gasse gehn, deine Schuh und Kleider sind zerrissen.

Oder du sitzt ohne Hoffnung in der Eisenbahn . . .

Irgendwo auf einer nie bekannten Station steigst du aus. Die Wolken novembergrau wie dein Herz. Es hat geregnet, du beginnst eine Landstraße zu wandern. Aus den Bergen glänzt frischer Schnee. Es geht hügelauf, hügelab. Herbst! später Herbst! Radfahrer sausen vorüber. Kleine Wirtshäuser beten an der Straße. Ein Bauernmädel putzt. Du schaust in die dunkle Stube hinein. Ihr kleiner Bruder kehrt die dreckige Straße sauber. Eine einsame Kapelle steht auf einmal da. Du möchtest drin dem lieben Gott danken. Aber sie ist verschlossen. Plötzlich bricht die Sonne hinterm Vogelbeergebüsch. Du blickst in ein fernes Land.

Herdenglocken blühn hin. Ein kleines Engelchen wünscht dir Guten Abend. Die Sonne fängt zu bluten an. Du hättest es nicht bemerkt. Aber ein Fenster im Schulhaus sah es erglühend und schreckte dich. Du frägst einen Mann nach der Zeit. Er weiß es nicht. Du ziehst einen alten Liebesbrief aus der Tasche. Der Wind fängt sich in deinem Haar. Du hast Fieber.

An einem Feldbronnen trinkst du. Du fängst auf einmal zu laufen an. Denn der Zug muß ja bald kommen. Der Zug, der dich in die große Stadt trägt. Wo keine Büsche und Herdenglocken singen. Wo dir niemand Gute Nacht wünscht. In die große, große Stadt, wo du wieder sterben wirst.

Ja, du unheiliger, von unzähligen Pfeilen der Hoffnung zermarterter Sebastian, oder wie du dich sonst nennen magst, bist unglücklich wie ich, Xaver Dampfkessel . . .

Mein Nachtmahl harrt. Wer weiß, o Freund, ob dich so schönes, braunes Brot erwartet und labt. Und die gute blonde Bäckersfrau hat mir's wieder in eine alte „Gartenlaube" gewickelt. Da hab ich dann später, wenn der Mond kommt, noch was zu lesen.

Ja, da will ich mich deiner erinnern, kleine Gartenlaube und dir in all meiner Armut einen Allerseelenkranz schenken. Ich hab ja sonst auch nichts zu tun.

Ich lieg krank in meiner Mansarde. Den Ärmsten kann ich ja nicht helfen. Und kein guter Mensch kommt zu mir und verplaudert meine schwarze, schwarze Zeit.

Ach, auch dir, liebe Gartenlaube, gilt eine Schwermut meines Herzens. Wie oft, da ich müde und elend im Krankenhaus lag, warst du mir eine kleine Abendsonne, ein Veilchen ans Bett.

Was für schöne Dinge brachte doch dein guter Vater Keil, er zierte dich mit den schönsten Sternen, die in Deutschland blühn. War es nun Walter von der Vogelweide, das Wörterbuch der Brüder Grimm oder der schlichte Erzherzog Johann. Waren es die süßen, süßen Blumen der Marlitt, oder bettelte er innig für einen armen Künstler: immer schlug sein Herz rein und kindlich. Du warst sein goldnes und er war und blieb immer dein Kind.

Schlaf wohl, ruh aus, alte Gartenlaube, auf den Speichern kleiner Sommerfrischen, in den Bücherkisten der Großeltern, in den Händen spielender Kinder. Ärgere dich nicht über die gescheiten Leute. Ach sie sind ja heute so klug geworden. Wüßten sie, wie unendlich viel Liebes, Schönes in dir schlummert, sie rümpften nicht die dummen Nasen. Es ist ja das Schicksal alles Gütigen, daß es vergessen wird. Aber die kleine Küchenmagd, die, von der Arbeit müd, über dir träumt, die alte Frau, die über deinen gilben Blättern bei schlechtem Kaffee einnickt, der von allen Menschen verlaßne Kranke im Spital und ich – wir werden nie dich vergessen.

Ich kam freilich bloß zu dir in der verzweifeltsten Langeweil, da mondelang kein Brief kam, kein Stücklein Blau an mich dachte; da mir die großen Heiligen, Dichter und Philosophen so leer, ach so leer schienen: da ich vergaß, daß Wiesen am Wald und Bächlein und Sommer war, da ich auch Gott tot wähnte. Und da wardst du mir ein braver Kamerad, mir ekelte nicht vor deinen verschmierten, schmutzigen Blättern ... wieviele ja hast du getröstet, halfst ihnen über bittre, bittre Stunden hin, wieder in die kleine Gasse der Hoffnung.

Es stand ja auch oft von schwerer Not in dir, und wer richtet sich da nicht ein bißchen wieder auf. Aber manchmal war es auch ein Kuchenrezept, eine Briefkastennotiz, ein Bild aus Amerika.

Du könntest gar manchem Müden ein Gebet sein, kleine Gartenlaube: Dürfte ich dein Angedenken feiern wie ein schönes Kinderfest! Aber ich bin arm und elend. Und doch, draußen, vorm Stadttor träumt eine alte Gartenschenke. Ich will um die letzten Groschen ein Glas Wein trinken in Erinnerung an dich, und der Flieder wird schmerzlich rauschen.

Vielleicht begegnen wir uns wieder, du lieber Kamerad, in einem Krankensaal, da ich noch zerbrochner und ärmer bin.

Ausgang

Der Baron schwieg. Man hörte nur das Tropfen der roten Kerzen. Und draußen fielen die Sterne.

„Morgen will ich was Schöneres lesen. ‚Die Betfahrt des Bruders Amandus' wird Euch vielleicht mehr gefallen.“ –

Als Balthasar morgens in den Salon trat, fand er auf dem Plätzchen, wo er gestern die Papiere des armen, verhungerten Dichters niedergelegt, eine herrliche Rose.

„Irmelin“, lächelte er, „lieber, reicher Dichter!“

Der Mond grüßte oben, eine bleiche Sichel. Der Vorfrühlingswind spielte mit den Vorhängen und duftete nach seltsamen Dingen.

Anni richtete mit anmutigen, reizenden Bewegungen den Frühstückstisch her. Balthasar pfiff ein kleines sehnsüchtiges Lied aus Wien.

Durch die Birken schimmerte das Mädchenkleid seiner Liebsten.

Er schritt die Terrasse hinab.

ENDE

RAUM FÜR NOTIZEN..........................

Geneigte Leserschaft!

Das Haus Meingehörts und Co nimmt sich hiermit die Möglichkeit heraus, diese, dem Buntbuchverlag höchst überflüssigsten Seiten zu spicken mit Angeboten aus seinem

Wahren Katalog

für reisende

Händlerinnen und Hähler

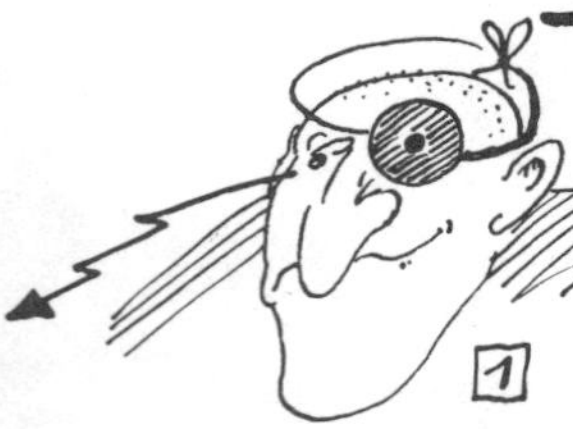

1

Der Spezialtip für die Freunde des konzentrierten Blicks:

Achtungs!

Popelinaugenklappe mit alarmrotem Punkt nur: 4,03 Mark

2

Dazu passend!

beige Hühneraugenklappe mit hautschonendem

Gummiring

schützend und beschönigend

nur: 2,015

bei Sammelbestellung wird abger.

Näu!!

Für die Befürworter der Verbreitung des Räuberunwesens: Räuberaufkleber

3

der **Kribs-Krabs-** (Originalgröße auf der Rückseite dieses Buches)

allerdings: 1,50 Mark

Halt!
Ein derber Scherz? Na also! ... Die lustigen Kaffeekannenaufkleber mit dem Gesicht von Hedwig Kurz Malöhr sollten den Kennern aus der Unterhaltungsmusikbranche Mut machen!
Kaffeekannenaufkleber zum Solidaritätspreis von: Augenblick mal.....
4
Hergeschaut:
Meingehörts KREATiV leckerbissen: die farbigen Ernst Kahl Buntis, spaßige Buntstifte von Rötlich über Gelblich bis Bläulich. Zum Anmalen oder als Räuchermännchen
Handsigniert nur 5 Mark
5
6
Tätowierungsstempel! wirkt und färbt
auf die Goldkante achten!
NÄU!
Endlich mal ein wirklich hilfreiches Tshirt für alle diejenigen, die unnötige Fehlinvestitionen vermeiden wollen! Nur echt mit dem Kribs-Krabs-Aufdruck!
ich bin böse
südländisch wirkender Königstarnhut
7
ein echter Service!
Königstarnhut (filz)
Königstarnhut (papp)
Tshirt dagegen nur: 2002 Mark
8
MEINGEHÖRTS
GRABBELKISTE
9
5000 Lire
Birmanesischer Schmuck- und Funktionsnasenring
10
Wiener Neontonga 100.000 ÖS
11
500 Mark
Stader Säureschutzhütli
Die absoluten Sparpreise

„AUFGEPASST!“

aus alten Raubbeständen:

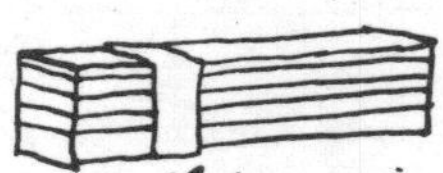

[12]

Abgestandenes, für den Kaiser von China einst vorgesehenes abgepacktes Knäckebrot, nur: 2,38 Mark

Diverse Posten indischer Tempelaffenohrringe

[13] NUR BEI UNS! Paar 1,50 Mark

FÜR Göte GEHÖRTE XAVER DAMPFKESSEL ZU „UNSEREN BESTEN“

Endlich wieder da: Das gedruckte Dampfkessel Gedicht zum Minipreis von 30 Pfennig [14]

Längst wieder aus der Mode? NIE!
1a RÄUBERHUT [15]

MIT FEDER
33,33 Mark

DER ABSOLUTE KNÜLLER!
„Hier findet man eine Schlechtigkeit von dermaßen Frechheit, daß es mir die Spucke verschlägt“
Gracia Patricia

GRACIA PATRICIAS VER= SCHLAGENE SPUCKE ABGE= PACKT IN KEIMFREIEM BONBONPAPIER. 1 GROSCHEN [16]

Und so einfach wird bestellt:
Alles ankreuzen, was nicht geschickt worden ist und dann ab die Post! Und es kommt erst recht!
Das Haus Meingehörts betrachtet dies als echten Service für seine Harringer Leser. Deshalb bitten wir um Verständnis!

Bitte Herauszutrennen: ---

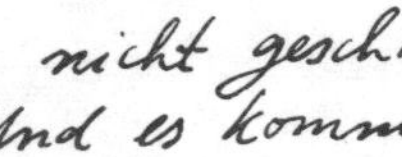

oder schreiben an: Meingehörts buntbuch / bartelsstr. 30/2HH6

ich bestelle Artikel Nr.

1	2	3	4	5	6	7	8	9	10	11	12	13	14	15	16

Name, Vorname usw:
mein Lieblingstier:
☐ Verrechnungsscheck liegt bei
☐ ich überweise auf buntbuchkonto